LES
SOUVENIRS

回忆

[法]大卫·冯金诺斯——著 王东亮 牛月——译　　上海译文出版社

1

祖父去世那天，雨下得很大，眼前几乎什么都看不清。我被淹没在雨伞中，想方设法要找到一辆出租车。我自己也不明白为什么想要不顾一切赶过去，这很荒谬，赶过去又能怎样呢？他就在那儿，已经死去，肯定是一动不动在那里等着我。

两天前祖父还活着。我到克里姆林—比塞特医院看望他，内心很纠结地期待着这是最后一次，期待着长期病痛的煎熬终于可以了结。我帮他用吸管喝水，一半的水都顺着脖颈流淌下来，更加浸湿了他的病号服，但是在这个时候，舒适不舒适对他来说不算是最重要的。他神情无助地看着我，和以往健康时一样清醒。

看到他对自己的状况一清二楚，这无疑是最残忍的。每一次喘息对他来说都仿佛在做一个艰难的决定。我想告诉他我爱他，但是没说出口。我现在还会想起这句话，想到是害羞妨碍了我的情感表白。在那种情形下，这种害羞很荒唐，不可原谅，也无法挽救。我的语言表达总是跟不上我的内心所想。我永远都无法回到过去，表达对他的这份深情依恋了，也许只能通过文字，此时此刻，在这里对他诉说。

我坐在他身边的一把椅子上，感觉时间停止了，区区几分钟竟宛若几个小时。死亡是缓慢的。这时候，我的手机显示有一条信息进来，我稍作停顿，假装犹豫了一下，其实在内心深处我还是很高兴收到这条信息的，很高兴从麻木中挣脱出来，哪怕只是一秒钟，哪怕是出于最肤浅的理由。其实我记不得那条信息到底说了什么，但是我记得我即刻就回复了。就这样，这无关紧要的几秒钟就永远附着在对如此重要场景的回忆中了。我特别怨恨自己给那个不相干的人发了十来个字。我正在陪伴临终的祖父，却想方设法让自己分了神。我今后如何讲述自己的痛苦并不重要，事实就是这样：长期陪护让我陷入了感情麻木。痛苦也会让人们习以为常吗？竟可以一边真切地感受痛苦，一边回复一条信息。

最近几年，祖父的健康每况愈下。他从一家医院换到另一家医院，做了一个又一个 CT 扫描，进行了各种能够延长现代人生命的漫长而可笑的尝试。想方设法拖延生命的最后旅程有什么意义呢？他愿意活得像个人；他热爱生活；他不愿意用吸管喝水。而我，我愿意一直做他的孙子。我童年的记忆匣子里装满了我和他在一起的回忆，我能讲很多很多，但这不是本书的主题。不过，我们完全可以由此开始本书。那么，就从我们经常去卢森堡公园看木偶剧讲起吧。我们坐公交车过去，穿过整个巴黎，也许只是几个街区，但是对我来说路程格外遥远，就像一次远征，而我是个冒险家。像所有孩子一样，我每隔一分钟就问一次：

"马上就到吗？"

"到不了！木偶剧场在终点站呢。"他总是这样回答。

在我看来，终点站几乎就是世界尽头。祖父路上会看看表，就像那些经常迟到的人一样，尽管心里着急表情却很沉着。一下车我们就开始奔跑，为了不错过开头的演出。他和我一样，也很兴奋。他肯定是喜欢和带孩子看戏的主妇们在一起，我应该对别人说我是他的儿子，而不是孙子。木偶剧虽然已经开演，但门票还是有效的。

他还到学校来接我，这让我很开心。他会带我去咖啡馆，尽管到了晚上我身上还有烟味，可妈妈问起来时他还是矢口否认。没有人相信他说的话，不过，有的人就是有那种恼人的魅力，让人永远没法指责，他就是这样一个人。整个童年，他这种快乐滑稽的性格一直让我惊喜不断。我们不太清楚他到底都做过什么，他不停地变换职业，更像个演员，而不是个寻常人。他做过面点师、机械师、花匠，好像甚至还做过心理治疗师。葬礼结束之后，前来悼念他的朋友们给我讲了许许多多他的奇闻轶事，这让我明白人们永远无法真正了解一个人的一生。

我的祖父和祖母是在舞会上认识的①，这在那个年代很寻常。当时实行邀舞卡，祖母的卡总是填得满满的。祖父认准了她，于是他们一起跳舞了，所有人都看得出来他们舞步和谐，配合得非常默契。因此他们自然而然地步入了婚姻的殿堂。在我的想象中，这场婚礼的画面是凝固的，因为那一天只有一张照片。这张照片成为某种见证，并且随着时间的推移，无可争辩地定格了一个时代的记忆。他们有过几次浪漫的出行，随后生了第一个孩子、第二个孩子，还有一个孩子死在娘胎里。难以想象过去生活的残酷，在那个年代，失去一个孩子就跟摔跤一样寻常。其实怀孕六个月的时候就能判断出孩子死了。祖母已经觉察到胎儿不动了，但是她什么都没说，她拒绝用言语表达自己的担忧，也是为了说服自己不会真的有什么事。没出生的宝宝也有权利休息，就像大人一样，他们在娘胎里打滚折腾也会累的。再往后，她迫

---

　　① 后来我了解到事实并非如此。他们确实很喜欢跳舞，但他们的相遇却是很悲情的，我会在后面详细描述。谁都可以修正自己的回忆，尤其是与爱情邂逅有关的回忆。——原注

　　后文脚注如无特别说明，均为原注。——编者注

不得已承认了这个残酷的事实：肚子里的孩子是死胎。她就这样等了三个月，一直到孩子出世。接生那天采用的是传统流程。孩子催生出来后没有哭声，他被包上了裹尸布，而不是热被子。事先他们给这个孩子取名米歇尔。祖母没时间悲伤，她还得干活、照顾其他孩子，紧接着，她又怀孕了。他们管新孩子也叫米歇尔，我总觉得这有点儿怪怪的。我父亲于是成为了第二个米歇尔，他是活在前面那个胎死腹中的鬼魂里的孩子。在那个年代，把死去的孩子的名字用在下一个孩子身上并不稀奇。我一直设法亲近我的父亲，到头来只能放弃。我把一直无法亲近他归结于他的鬼魂附身。人们总是为父母待自己感情寡淡寻找原因，总觉得自己缺少关爱并受到伤害必然事出有因。有时候，不过是因为无话可说。

很多年过去了，发生过战争也建过隔离墙，两个大孩子离开了家，只剩下我父亲和他的父母在一起，那段日子对他来说总有些怪怪的。忽然间，他变成了独子，所有的注意力都集中在他身上，这让他感到窒息。于是，他也略早离开了家，去服了兵役。他可是个天生胆小的人，又是个和平主义者。祖母一直记得小儿子离开家门那一天的情形。为了缓解伤感的气氛，祖父低声说："总算是二人世界了！"其实他对内心惶恐的掩饰很苍白无力。晚餐时，他们打开了电视，孩子们在家时晚餐是从来不许看电视的。同一时间，以前是听孩子们讲一天的校园生活，现在变成看电视里有关阿富汗冲突的新闻。这个回忆一直在祖母的脑海里挥之不去，因为她已经看到自己从此将步入孤独。像两个哥哥一样，米歇尔隔三差五会回家洗衣服吃晚饭，事先并不通报。后来，渐渐地，他会提前打电话给父母说要过来。计划去看父母之前的好几天，他就在记事本上写下"在父母家吃晚饭"。

随后，祖父母决定搬到一处更小的公寓，因为"浪费空房间，这可不行"。我相信他们主要是不愿意再看到从前的日常生活场景，再看到盛满温情回忆的那几个房间。居所就是记忆，甚至超过了记忆，住在那里难免令人触景生情。搬到新公寓让他们很开心，几乎像步入新生活的小夫妻。不过，他们可是在步入老年，正在开启与时间的抗争。我时常思量他们是如何打发日子的。两个人都不工作了，儿子们来得越来越少，孙辈就更少。社交生活也在减少，有时候整整一个星期都是空白，打进来的电话也多半是推销电话。人可以变老，并保持购物的兴趣。后来我想，祖母是不是还很乐意被推销电话骚扰。祖父对此却不胜其烦："挂上！挂上！为什么你要和他讲那么多？"他在她身边打转，面红耳赤："烦死我了，烦死我了，我再也受不了她了。"我总是被他们俩没完没了的拌嘴吸引，我花了很长时间才弄明白这就像一出情景剧。他们吵闹，彼此凶巴巴地瞪眼，但是俩人却一天都不曾分开过。他们从来都不知道什么是独立的生活。另外，争吵也有一个功效，就是强化依然活在世上的感受。夫妻之间相安无事肯定会死得更快。

后来，一个细节改变了一切。这个细节，就是一块小肥皂。

我的祖父是经历过战争的，战争开始没几天，他就被炮弹的弹片击中受了伤。他最好的朋友死在身旁几米远的地方，身体都炸烂了。被炸的士兵挡在前面，替他缓解了炸弹的威力，保护了他，他当时被震晕过去，却性命无虞。我时常回想起这枚炸弹，就差几米，祖父险些丧命。说起来，我全部的生命，我每时每刻的呼吸和心脏律动，这一切之所以存在，都源自这几米甚至也许是几厘米的间隔。有时候，当我感到幸福时，当我在凝望一个瑞士女人或一片淡紫色风景时，我就会想到炸弹斜飞过来时的情景，想到促使那个德国士兵不早不晚、不偏不倚发射出那发炮弹的每一个细节，我就会想，正是由于这微乎其微的细节，我才得以活在这个世界上。正是它让我的祖父活了下来，劫后余生，他很庆幸自己摆脱了那场莫名其妙的战争。

我再次回到细节，因为正是这个细节让我发疯。只是摔了一跤，祖父的生命就被撼动了。毫厘之差足以把一个人推向死亡的边缘。因为一块小肥皂（我念叨着这个词：小肥皂），他摔倒在浴室里，摔断了两根肋骨，头骨也骨折了。当时我去看过他，虽然他非常虚弱，但我觉得他能康复，还会像从前一样。但是，再也没有从前了。后来，由此引发各种身体问题，直到他去世。起初我特别难受，没法忍受看到他这样，成为一个伤病员。他讨厌有人来看他，讨厌我们围在病床前带着悲悯的微笑看着他。他不想被关爱，他想被忘记，他不愿有人让他感觉自己多么可怜。祖母每天下午打毛衣陪伴他，我感到甚至连祖母的陪伴他都受不了。他宁愿赶她走，让大家都别烦他，让他自生自灭。这个过程持续了很久，从扁桃体反复发炎到肺部感染，好像他一辈子都健康的身体这会儿必须遭罪一样。接下来，他的眼睛出现病变，几乎什么都看不见了。他当时相信视力能够完全恢复。他准备接受所有的康复训练，也愿意接受那些传播希望的人的各种指令。但是痛苦灼烧到他的面部。另外一只眼睛可怜地眨着，仿佛在求助。某些时候，他的脸都变形了。

而现在，他死了。

在房间里，面对他的尸体，我的视线被一个画面吸引过去：一只苍蝇落在他的脸上。死亡，大概就是这样吧：苍蝇落在脸上，我们却再也无力驱赶了。正是这个画面让我无比难过。那只愚蠢的苍蝇侵犯着他一动不动的身体。从那以后，我见到苍蝇就打。不会再有人说我连一只苍蝇都伤害不了了。就是这只苍蝇，我后来总想起它，它根本不知道自己把爪子放到了什么地方，它不了解我祖父的一生，却停在我祖父临终的面颊上，它根本不知道这是一个成年人、青少年还是新生儿。我一动不动观察了它很久，随后我父亲来了。他的面孔简直让我认不出来。我生平第一次看到他落泪，这一幕让我很诧异，他的眼泪就像长了腿的鱼一样罕见。我一直都觉得，为人父母不可以哭泣。在给予我们生命的同时，他们的眼泪就干涸了。我和我父亲就这样沉默相对，一如我们平日那样。但还是有某种尴尬，表达悲伤的尴尬。平常，我认为父亲疏于表达情感是因为羞怯。而现在，这种羞怯站不住脚了。表达痛苦会让我们尴尬，但同时，受制于特定的生活场景，我们愿意让别人看到这种痛苦。我们之所以哭泣，也是为了让别人看到我们在哭泣。

我和父亲待了很长时间没有说话。这里是三代男人。我想到下一个就是父亲了，他应该也是这样想的。就像在战壕里，在你前面的那个士兵倒下以后，你就被推到了直面杀戮的第一排。父亲本是招架死亡的那个人，他在前面保护大家。他如果不在了，我们就没了遮挡。我凝视了祖父许久，然而，这不是他。我喜爱的、认识的是一个鲜活的人。可现在，这是一副蜡塑面具，一具没有灵魂的躯体，一个没有生命的可笑化身。

所有的亲戚都来了，他们一个接着一个列队做告别。当然还有祖母，她表现得很有尊严，尽管她整个人已经支离破碎濒临崩溃，但还是一直坚持站在那里。后来，忽然间，她嚎啕大哭起来。她悲恸不已，大叫着想要立刻随祖父而去。他们这一代正在逝去的人都有这样一种思维定式，那就是两个人结合就是要生死相依。共同度过一生，也是要共同走向死亡。我感到祖母真是这么想的。必须阻止她。大家努力让她平静下来，给她喝了一点水，但我觉得她还是痛不欲生。几天之后，在墓地，她在墓穴前站了一会儿。她知道，她丢下的那支花也是丢给自己未来的住所的。雨停了，我们也哭过了。有一番简短致辞，概述了逝者的生平，接着，他被埋入地下。就这样，一切都结束了。

2. 祖父的回忆

那是一个美好的星期天。祖父刚买了一辆轿车，为此他特别自豪，说起"我的车"时就像在说"我的儿子"。那时候，拥有一辆车可谓人生赢家。他提议全家去森林里兜一圈。祖母准备了野餐的食物。"野餐"这个词听起来也很神奇。他开得平稳，妻子坐在右边副驾驶的位置，三个儿子坐后排。他们向往着可以这样一直开到海边，甚至月亮在他们眼里也并非遥不可及。祖父在森林里找到了靠近湖边的一个漂亮角落。阳光透过树枝映照下来，给人如梦似幻的感觉。

祖父深爱自己的妻子，欣赏她的刚柔并济，敬重她的人品。这并未妨碍他被其他女人吸引。但是，此刻什么都不重要了，只有周日全家人在一起的三明治野餐。大家都饿了。祖父先来了一大口，仿佛在给幸福加速。他喜欢面包，喜欢火腿，但是祖母悉心给三明治抹上了自制的鲜美蛋黄酱。这道蛋黄酱超越了一切，凝聚成祖父一生最美好回忆的精华①。

3

接下来的日子里，我有些失魂落魄。我人在那里，我还活着，但祖父的离去却让我终日神思恍惚。后来，痛苦渐行渐远，想他的时候也渐渐减少。现在，他在我的记忆中安静地出没，而我已经感受不到最初时刻心头的沉重了。我甚至觉得自己不再真

① 很多年以后，他问妻子："你还能做那个蛋黄酱吗？"她回答："我不记得配方了。"祖父不认可这个回答，他从中看到的肯定不是忘记了某种调料，而是一个时代的结束，有什么东西可悲地一去不复返了。为此，他纠缠祖母，让她重新做出那名的蛋黄酱。他和祖母在厨房待了好几个小时，每次试做他都要品尝，有一次还为误加了碎柠檬皮发脾气。无济于事，再也找不回这形式奇特的失乐园了。

正悲伤。生活是一部探测我们麻木程度的机器。逝者离去，我们照样能活下去。说来奇怪，即使爱人被夺走，我们依然可以继续前行。新的生活到来了，我向它道一声早安。

在这个阶段，我梦想着成为作家。不，其实我并没有梦想什么。的确，我在写作，而且，我不否认写作能刺激神经，帮我打发时间。但也不一定。我清楚地记得那些年里我对未来没有任何想法。让我干什么都行，只要让我具备成年人的生活要素，只要能让自己安心，只要有人能对我说不用担心，因为我会找到生活的道路。但是没有，现实岿然不动。而且没有人想到过编造关于未来的回忆。我愿意过一种带点英雄色彩的生活，但也不要太刺激。说起来，我选择值夜班，是以为这可以让我成为一个边缘人。我觉得也可能是因为安托万·杜瓦内尔，我也想成为弗朗索瓦·特吕弗电影中的主人公，就像他那样。我所说的"我的个性"，实际上是我所接受的各种影响怪诞结合的产物。夜里，守着小酒店，我才得以具备理想条件，让沉睡在我身体里的疲惫才华得以展现。

我在巴黎的一家小酒店找到一份工作。这里很安静。荒唐风流过后男人们歇息下来，我是第一个知道他们暂告段落的。女人们也在歇息，然而给我的感受却完全不同。每当一个陌生女人上楼回房间，我就会想象她赤裸的身体，并为自己感到难过。我今后的生活就这样了吗？眼看着女人们上楼，自己却只能困守在楼下？我会想入非非，有时也会诅咒陪她们一起上楼的男人。我读到的统计说，人们在酒店做爱比在家里频率更高。守夜，就是守望他人的情爱生活。我的色情想象时常被烂醉如泥的晚归游客打断。在喝遍附近的酒吧之后，他们只剩下一条腿走路：那就是我的腿。这让我经历了平生最愚蠢的对话，虽说愚蠢，但也可能是极其聪明睿智的。在深夜的某一时刻，人们对词语已经没有了判断。我聆听，我思考，我想入非非。我学着如何成为一个男人。

酒店老板热拉尔·里克贝尔看上去对我的工作很满意。这是事出有因的。我干活儿认真也听话，即使早班的人来晚了我也不嚷嚷。有时，他半夜三更来到酒店，检查我睡没睡觉，或者约没约女孩来陪我（完全不可能的假设）。每次过来，我都注意到他很欣慰地看到我在椅子上坐得笔直、精气神儿十足。但我能感觉到，其实他内心里觉得我这样忠于职守很可笑。他递给我一支烟，我接了，期待着烟雾缭绕就可以不说话了。某一天晚上，他看到我放在前台桌上的笔记本，问道：

"你写作？"

"哦……不。"

"真正的作家往往是那些说自己不写作的人。"

"嗯……我不知道。"

"你知道帕特里克·莫迪亚诺在你这个年纪，曾经在我们店里做守夜人吗？"

"不会吧？真的吗？"

"不是真的，我开玩笑呢。"

他低声说了句"晚安，帕特里克"，就走了。我的思路完全被打乱了。他为什么要来打趣我一番呢？他大概是在城里的晚餐聚会上自始至终谈笑风生的那类人，从端起开胃酒就开讲趣闻轶事（并且还都是重复的，他应该是在不多的社交中积攒了有限的几个小故事，先在顺从的家人面前做过试验。当然，他最担心的是对同一个人重复同样的故事）。那个时候，我对他还不够了解，我担心自己因为是他的下属今后可能必须听他讲俏皮话和其他社会观感。我也担心自己要因为他讲了笑话而必须笑，其实没有什么比笑话更让我觉得不好笑的了，哪怕是世界上最逗乐的笑话。

这辈子我好多次看错人。因此我做了如下决定：如果和一个人交往没有超过六个月，绝不对此人做任何评价。我完全不能相信自己的病态直觉，因为耽于梦想或仅仅是缺少人际交往经验，我的直觉已经长疮坏掉了。事实上，我对这个人了解什么呢？我并不知道他其实对我有一种关爱，并且，他试图通过玩笑笨拙地表现自己的关爱。每个人都有自己表达感情的方式。我能猜得到他回到家里要面对冷漠的妻子吗？他打开卧室门，犹豫片刻，无声地坐在床边。我怎么会知道之后他会用如此轻柔的方式抚摸妻子的头发？无济于事，妻子继续睡着。她丈夫的企图没有得到任何响应。

早上下班以后，我喜欢在坐地铁之前先走上一会儿。经常迎面碰到一些非洲裔工人，他们也许会以为我是个在迪厅玩到天亮的废青。我一直睡到下午三四点。醒来后，重读夜里记录的一些文字，我被自己显而易见的平庸伤到了。可是，几个小时前，我还对自己充满信心，以为我正在撰写一部传世小说的开篇呢。仅仅睡一小觉就改变了灵感的光芒。所有写作的人都感知到这一点了吗？自我感知强大也预示着自我感知弱小。我一文不值，一无是处，我想一死了之。但是，一想到死前不能留下有价值的手稿，这让我觉得比死亡本身还糟糕。我不知道自己还会以这种方式生活多久，我总是盼望着能够明确地把握住自己的想法。也许永远都做不到，如果是这样的话，我就需要找到其他生活路径。

心情沮丧的时候，我铺开一张纸开列清单，思考所有可行的职业。一个小时以后，我在纸上写下的是：编辑，法语老师，文学批评。

4. 帕特里克·莫迪亚诺的回忆

帕特里克·莫迪亚诺的大部分作品都与"二战"纠缠不清。他奇怪地感到自己好像经历了"二战"，实际上他一九四五年才出生。他的作品中对那个时代的事件、人名、地名，乃至列车时刻表，都有种挥之不去的情结，给人一种生前自传的感觉；或许为此才有人直接称之为"前世回忆录"。《家庭手册》出版于一九七七年，是他的作品中自我描述最多的一部。他在题词中引用了勒内·夏尔的美丽诗句："活着，就是执着于完成一个回忆。"在《家庭手册》中，下面这句话尤其让我觉得是读懂其作品的一把钥匙，它特别打动我，因为它呼应了我的一些稀奇古怪的想法，还为我们某些不可理喻的回忆提供了某种解释："我只有二十岁，但我的回忆在出生之前就开始了。"

5

  我经常去看望祖母。我到的时候，她通常是坐着的。她迷失在自己的思绪中了吗？我不知道。她目光空洞，仿佛迷失在虚无里。我不清楚老年人是如何度过空闲时光的。我可以透过窗户看到她，而她看不到我。这正是住在底层的不便：即使什么都不做外面也看得见。她就像布满灰尘的博物馆里的一尊蜡像，当我凝视着一动不动的她，整个世界都仿佛停滞下来。不同时代的影像在我的脑子里交织重叠。我希望自己仍然是那个需要她每星期三照看的孩子，我愿意时光倒流，让她觉得自己还有用。祖父去世后，她的世界不复存在了。还有什么事情能让她站起身来？八十二岁的人对未来会抱有怎样的希望？知道未来的日子屈指可数的人究竟怎样生活下去？而对生活满怀憧憬的我又怎么会知道这些呢？我期待着爱情、灵感和美丽的邂逅，甚至是下一场世界杯足球赛。那一天，在按门铃之前，我继续观察着她。我被这湖水一般平静的画面惊呆了。我觉得死神提前到来了，扩大了它的影响范围，正撞击着一个生命的最后几年。我甚至看到她目光消隐。然而，一听到门铃响起，她立刻起身打开了门。看到是我，她脸上展现出灿烂的微笑。我进了客厅，她迅速到厨房给我准备咖啡。她不知道，我刚刚见证了几分钟前她的样子。眼下，突然之间，她奇怪地变成了另一个人，仿佛为我表演了一出生活喜剧。

我们在客厅面对面坐在沙发里。两个人亲切地笑了笑，彼此并没有什么话说。问完关于天气、家庭、你好我好的话题之后，马上就没词了。不过我也没觉得有什么别扭。最后那几年和祖父在一起时也这样。我人在，和他们在一起，这就够了，不是吗？我扮演着一个好孙子的角色，有时也会讲一两个趣事，这可以打发时间，也可以打破冷场。但是我从来不试图做虚假的努力，这又不是在社交场合。也有一些时候，我完全不明白到底是什么机制发挥了作用，我们居然能说个不停。我又看到了精力充沛、活力满满的祖母。通常，我们的谈话和回忆有关。她给我讲她年轻时候的事，讲祖父，甚至讲我父亲，其实我对我父亲并不真正感兴趣。我更喜欢她讲战争，讲寻常人的怯懦行为，讲那些让我觉得是在听一本书一样的故事。她给我讲德国占领期间的生活。总有一些非常有吸引力的旧日时光，拒绝承认自己的那个时代已经结束，街头德国哨兵的声音就属于这一类永远挥之不去的时光。我感到祖母依然听得到他们的声音。她永远是那个藏在地窖里的少女，依偎在母亲的怀抱里，因为恐惧和炸弹声而不敢出声，也永远是那个害怕再也得不到父亲的消息、想着自己或许已经失怙的小女孩儿……

……祖母异常细腻，一旦回忆变得过于沉重她就打住不说了。她忽然问我："你怎么样？给我说说你的酒店吧。"酒店没什么可说的，但是她提问的方式让我必须编点儿什么。也许我编故事的爱好就是这么来的。人们一般是给孩子讲故事，而我是给祖母讲故事。我编造一些酒店里稀奇古怪的人和事，比如两个罗马尼亚人带了三只箱子。我自己也开始相信这些故事，相信这本不属于我的跌宕起伏的生活。之后，我告别祖母，回到酒店去面对真实生活的平静。

6. 祖母的回忆

一九二九年，美国股市崩盘一段时间后才波及世界其他地方。一九三一年，美国决定撤回在欧洲的投资。这个决定完全改变了祖母的生活。当时她住在诺曼底的一个小村庄里，离埃特达不远。她的父母经营一家五金店（因此，她是玩钉子长大的）。危机到来后，每个人都必须设法找出路，以前该花钱的地方也不再花钱。每项花销都得削减。前不久，我还看到几张这段特别困难时期的照片，大家排着不可思议的长队领取免费餐食，这正是"二战"爆发十年前的真实社会写照。商人最早受到冲击。祖母的父母亲试图做长期打算去应付局面，他们每天减少一餐，也不再添置新衣，但是形势越来越糟糕，最后只得关掉店铺。为了生存，他们不得不外出寻找客户，也就是说，要让五金店流动起来。他们要从一个城市走到另一个城市，在市政广场或者市场摆摊，要习惯东奔西走的漂泊生活。他们就这样熬了过来，并且在多年之后重新开了一家店铺，新店开在法国东部，为的是离过去越远越好。

祖母被告知不能再上学，这对她来说太恐怖了。她的母亲信誓旦旦地说："就几个星期……"于是，正在读小学三年级的她不得不向小伙伴和课本说再见。几十年之后，她还是忘不了那节地理课，那将是她人生的最后一堂课。那节课讲的是世界最高峰。她马上要退学了，老师却在讲乞力马扎罗峰和珠穆朗玛峰。这两个词被她当做未完成的童年的遗迹保存了下来。下课后，所有同学都过来拥抱她。离开的时候，她回过头，看到小伙伴们排成一列，向她挥手告别。那一刻定格在她的脑海里，所有人都在，就像是在拍集体照，而她不在那里了。

7

　　祖母经历了很多磨难、恐怖和死亡。尽管如此，这一切让她变得更强大。她是那种愈挫愈勇的人。我不知道她从哪里汲取的勇气，能一直表现得坚强并充满活力。也许她害怕被送到养老院？也许她比我们更早懂得将来会怎样，所以必须不惜一切代价推迟这一天的到来，并且尽可能表现得精力充沛。之后，有了一段类似"小肥皂"的插曲。一天，我父亲发现她摔倒在客厅，血顺着太阳穴流下来。他吓呆了，一时间僵在原地，确信自己正面对母亲的死亡。但是，她还有呼吸。万幸的是，她摔倒后发现得很及时，被送到医院后很快就恢复了知觉。在走廊里，医生对我父亲说，摔跤在法国是第一致死原因。祖母恢复期间，我在医院看护她。因为出汗，她的额头闪闪发亮。天气很热，夏天快到了。我给她擦汗，就像二十年前我出水痘时她给我擦汗一样。只是我们互换了角色。

　　祖母留院观察了好几天。她身上哪儿都没摔坏真是个奇迹。父亲和他的哥哥们开始考虑养老院，我的一个伯父甚至承认已经咨询过相关信息。他们看起来在犹豫、权衡利弊，其实决定已经做出了。没有任何替代方案。在她这个年纪，一个人生活太危险。她第一次摔倒侥幸没出事，这在大家看来是一个无可争议的信号。为了她好、为了保护她，他们别无选择。我的一个伯父有一幢大房子，但这没有用。他经常出差，祖母到头来还是一个人生活。而在养老院，她时刻有人陪护。另外，也有医生定期检查血压、心脏，还有别的什么部位。她会受到保护，而这才是关键所在。

　　我不用参与选择，因为在我和祖母中间隔着一代人。决定也不由我做，而是由她的儿子们，为此我似乎感到某种解脱。解脱其实是怯懦的委婉说法。祖母立刻声明她不想去，为此她绝食了好几天。她说道："我要待在家里，我要待在家里，我要待在家里。"同样的话重复了三遍。这是为了让大家听明白吗？还是要对每个儿子说一遍？我的伯父们试图解释这是为她好，她反驳说，如果他们那么关心她，就应该干脆听她的。我看得出来，为了这场争斗她拼足了力气，耗尽了精力，有时候她自己也不确定给出的理由是否站得住脚，尤其是说到她摔倒的事情时。再摔倒怎么办？能怎么办？那就死呗。她这样回答。我宁可死在自己家里，我宁可死在自己家里，我宁可死在自己家里。她的孩子们考虑过让步，但是在冷静地思考了形势后，发现显然没有其他办法。不光有摔倒的问题，还有购物，购物就需要带钱。所有这些，她都不能再做了。她不能去取款机提现金，太危险，有不少抢劫的，再则，她也不能再拎水、提奶。当然，大家分摊一下这些任务也是一个方案。但归根结底，最后都会成为我父亲一个人的事。因为他的一个哥哥经常出差，另一个哥哥退休到南方去了。事情陷入了僵局。

随后，事情发生了转变。没有重大情况出现，甚至没有一个决定，仅仅是祖母在孩子们的目光中觉察到了一个微小的信号，捕捉到他们目光中的恐慌，于是她让了步。她忽然看到自己已经不怎么是一个母亲了，而是一种负担。难道这就是真正衰老的分界线吗，当一个人意识到自己变成了一个麻烦？这对她来说难以容忍，因为她曾经活得自由自在，从不依赖任何人。现在，为了快刀斩乱麻，她叹了口气说："好吧。"也可能是她遵从了常理，因为她知道自己的儿子们毕竟不是刽子手，他们的话有一定的道理，他们的坚持也有一定的正确性。我觉得她其实是愿意由自己来做这个决定，愿意自己的生活还多多少少由自己把握，但是为时已晚。她对自己的认识与她实际的身体状况之间有差距。正是看出儿子们眼里交织着恐惧与不安，促使她意识到自己目前的状况。正是他们的这个目光让她说出"好吧"。不过，这句"好吧"，她只说了一次。

搬家那天，父亲把车子停在祖母楼前花园的尽头。我和他一起过来的。我们按了门铃，她打开门，没有问好，只是说："我准备好了。"然而，我们只看到一只特别小的箱子。一只可笑又可怜的箱子，一只滑稽的箱子。

"你就这点儿东西？"父亲问。

"是的。"

"你……不带几本书吗？我开车来的……"

"……"

"好，那走吧。"

我拿起箱子，发现它很轻。她想把东西留在家里。也许她想用这种方式继续留在自己的房子里。这只空荡荡的箱子说明了一切。不过，在接下来的几天里，我父亲给她拿来了几乎所有的衣服。在走廊里，祖母问：

"你答应我不卖房子？"

"是的，我保证。"

"如果不高兴，我还想回来。"

"好的，好的。"

父亲习惯对什么都说"好的",尽管他心里不这么想。但是我必须承认,那一天他给我留下了深刻的印象。因为他尽力让自己什么都不表现出来,没有流露出内心的不安。他让我想起那些空姐,在气流颠簸得最难以忍受的时候,居然能够始终保持微笑并提供热饮,好像什么事儿都没有。他的态度让气氛轻松了一些。汽车在山里颠簸得厉害时,他对祖母笑笑,提醒她系好安全带。但是再后来,他在车里还是表现出了一些紧张。

一路上,祖母保持沉默。问她问题时,她要么点一下头,要么只说一声"是"或"不是"。我坐在后排,始终没说话。在父亲设计的这场假面戏里,没有我什么戏份。这是一场关于美好未来的戏码。他一边开车,一边不停地说将来一切都会很好:"是的,你会明白的……真的很棒……他们很高兴接待你……另外,那里有个电影俱乐部……你喜欢电影的!对吧,你喜欢电影吧?还有,那里还有健身俱乐部……一开始,我也有点儿吃惊……但是你会看到，特别好……我打听过了……大家相互传球……而且……再有，那里还有记忆工作坊……嗯……还有音乐会……对，是的，我看过演出单……音乐学院的学生定期过来举办演奏会……当然，他们也借此机会排练排练……不过听年轻人演奏挺好的……他们来的时候你告诉我，好吗？一定要告诉我，因为我也想利用这个机会……噢，真的，妈妈，你在那里会很好的……你会特别好……噢，超级好……现在温度可以吗？不太热吧？你愿意我关暖气吗？或者打开窗户？或者把温度调低一点？热了就告诉我，好吗？你觉得呢？需要我打开音乐吗？……这路还真好开……应该快到了……正常情况下，会有一个小小的欢迎仪式……有水果酒……我告诉过他们你很喜欢水果酒……我没说错，对吧？你是喜欢水果酒，对吧？另外，我还忘了告诉你，你的房间里有电话……想打电话就给我打电话……不管怎样，今天晚上我会给你打电话，看看是否一切都好……不过，也有可能，你不在房间……也许，你已经交了新朋友……你们正在玩拼词游戏……对了，说真的，你会找到玩伴的……对呀，肯定会！在我看来，你能把他们都赢了……计三倍分数的拼词你很厉害的……好像前台接待处还有别的游戏，你要是想借的话……那位女院长，她告诉我，有时候还会组织外出……甚至他们有一次还参加了《向冠军提问》的节目录制……嗯，我确信你会喜欢的！对吧？你喜欢，对吧？你特别喜欢这档节目吧？对吧，你喜欢这档节目？……呦，不可思议……光顾着说啊说啊的……我们已经到了……看，这地方多好……这栋房子真的太方便了，车正好可以停在它的前面……哦，是的……真好，太方便了……又一个加分项……这不，我们已经到了……挺好的，对吧？"

　　一路上，父亲说个不停。他好像在不惜一切代价用话语扼杀掉独立思考的任何可能，不让头脑理出任何清晰的思路。但是不管怎样，他也许没有必要添油加醋，编排类似欢迎仪式那样的细节。当祖母走进养老院时，的确所有人对她都很友善，但是并没有什么特别安排，没有任何特殊准备。所有的老人都看着她，在我看来，这些人比她可老太多了。要么就是她显得年轻，要么就是这里都是些百岁老人。从严格意义上讲，这里不能说是养老院，而是垂死院。来这里的人已经无法独立生活，他们在几乎站立不住的时候，才来到这些救助机构。我发现了一个没有面部表情的世界，一个向死亡过渡的世界。这些男人和女人都处在生命的最后关头。我被养老院里坐轮椅的人的数量惊到了。显然，祖母在这里永远交不到朋友。

我们来到她的房间。房间很小但收拾得不错。有一张床，一个衣柜和一个小冰箱。父亲说会给她买一台新电视机。我感觉他又要像在汽车里一样开始唠叨了。但是祖母阻止了他，保证说一切都会很好，她现在想休息了。想到要把她留在这里，我觉得如鲠在喉。在楼道里，父亲继续他的假面戏，这次他只冲我表演。他对我说祖母会很好，并且知道她在这里也让人感到放心。这句话有点儿像在求救。几个小时以来，他一直在自说自话。他一直绝望地等待有人对他说点儿什么，对他说出我接下来对他说的这句话："是的，的确，她会很好的。"

然而，从这第一天起，我就知道会有悲惨的事情发生。

8. 父亲的回忆

我父亲属于把个人存在的神话构建在某件轶事上的那一类人。他的那件轶事周围的人听了很多年，每次他一开口大家就叹气，因为听的次数太多了。少年时，他有点自闭、胆小，对自己的身材也不自信。祖父的伟岸肯定让他感到有点儿压抑。他非常细致地观察女孩子，梦想着拥有她们。屡受挫败之后，他觉得"梦想"将是今后接近她们的唯一方式。因此，某一天，他决定和女孩子们做一个"了断"。绝对具有讽刺意义的是，就在想着如何"了断"时，他注意到一个从教堂里走出来的姑娘。不知道为什么，他被她吸引住，这很疯狂，很显而易见，很身不由己。他要不惜一切代价和她说话。但是，刚一抬步走向她，他就感到了某种痛苦。这个画面，这个走出教堂的姑娘似曾相识，仿佛一个回忆而不是现实存在。一来到她面前，他就拦住她的路，说道："你太美了，我宁可永远不再见到你。"他不知道为什么抛出这么一句话，说得既漂亮又奇怪。我更愿意略过父亲在回忆中添加的各种细节，因为每次讲到这段轶事，他都多少添加一点儿情节，诸如一些意外波折或者天气突然变化什么的。他如此添油加醋，竟让记录这一时刻的短片有了好莱坞大片的风范。

父亲喜欢这段回忆超出了一切，因为，他完全有理由认为这是他生命中唯一一次彰显出英雄气概，既出人意料，又充满魅力。他无法想象自己会有这样的冲动。当然，为了完整地把握这一时刻的美妙，需要说明的是：这个姑娘后来成为了他的妻子，再后来成为了我的母亲。

9

我们陪祖母去养老院那天，父亲的表现着实把我惊到了。我不习惯看到他如此投入、如此焦虑。他属于特别慢热的那一类人。后来我明白他的感性与他自己当时的状况有关。几个月前他退休了。从前他的日程都由秘书管理，而现在完全由他自己支配。我猜想他明白了在职场上构筑的人脉大部分都会人走茶凉。他的职业生涯在银行界度过，最后二十年都在同一家银行供职。结果还不错，他最终晋升为体面的分行行长。

任职最后一天，银行在总部为他组织了一个大型欢送会。当时气氛愉快，甚至可以用"融洽"来形容。欢送会上准备了水果酒，大家东一句西一句说些溢美之词，夸赞父亲成功的职业生涯，有的人拍拍他的肩表示友好，一些同事凑钱买了突尼斯一家酒店俱乐部的折扣代金券，但是只能选择在淡季入住（有的人可能很不乐意出十欧元份子钱，可是募捐的社会义务也不是说逃就能逃掉的）。后来大家就分头忙自己的事去了，很快，自助餐桌旁边就只剩下两三个人。父亲帮着收拾，把欢送会的塑料杯子扔掉。这是他职业生涯结束时的最后一个举动。一个女同事看到饮料瓶里还剩了一点儿苹果汁，带着上班族的关心满脸微笑地对他说："喏，你把它带回去吧。"他照办了，没有表现出不乐意，似乎是为了掩饰此刻感受到的些微屈辱。在这么多年自我感觉很重要之后，他带着只剩一个瓶底的苹果汁回了家。这是现代版的载誉而归。

很有可能是这件事打击了他。但是我和他不怎么亲密，对此也无法确定。起初，他经常回银行，所有人都做出很高兴见到他的样子，大家会提到从前离奇古怪的一些案子，但是随着时间流逝，现在已经没有任何意义了。他们会互相问候，怎么样了，都好，既然什么都挺好，下面就没什么可说的了。于是父亲大声祝大家一天开心，并承诺会很快回来问候他们。不过某一天，他的这句礼貌用语变成了谎言，他不再去银行了，而且也没有人惦记他。后来，他问自己这样一个问题："我是不是在成就事业的同时牺牲了其他东西？更广阔、更坚实、更人性的什么东西？"很明显，这个问题在他父亲去世时就出现了，而现在，在陪伴他母亲来到养老院的最初几天里，问题变得更加急迫。从他为祖母的事情忘我地奔波中，我觉察出他对自己变老的恐惧。很奇怪，他的慌乱不安很触动我。他迷失在自己作为儿子和作为一个老去的男人的角色里。这让他失去了平衡，也在他身上调动起某种新的感受力，他一路开车一路说着安慰话的场景就是某种写照。

在我绘制的家庭图册中，母亲终于要出场了。我很吃惊讲到现在母亲才出现。需要说明的是，这个夏天我们几乎没有看到她。假如她在，很有可能父亲就不会有那么多时间陪伴祖母。生活里他总是以妻子为重的。很多女人喜欢自己的男人先顾妻子后顾母亲，但是我母亲并不这样。她很高兴可以放飞自我了。和父亲一样，她刚刚发现退休之后自己拥有了大把的时间。作为中学历史教师，最后几年她似乎很受煎熬。尽管她非常热爱自己的职业，甚至有某种使命感，我还是明显感觉到她已经无法忍受下去了。她总是说："退休之后，我要做这，我还要做那……"她没想到自己的梦想会变成噩梦——不过，现在说这个还为时尚早。眼下，她要享受生活。在第一个不用想着过完暑假就要开学上课的夏天，她收拾起行囊和闺蜜们长途旅行去了。

祖母入住养老院时，母亲正在俄罗斯。她决定走"金环"路线，游历修道院。她一直喜欢宗教场所，虽然自己并不是信徒。她更喜欢东正教教堂，在她看来，燃香弥漫的味道是永恒的味道。是的，我记得在我小时候她这样说过。复活节时，我们在达鲁街参加弥撒，她悄声说："你闻闻，多好闻呀，闻闻这永恒的味道。"用小鼻子去感受这些，令我印象深刻，同时也让我觉得这很美好。

这个夏天，母亲给我寄了一张她在一尊大型列宁像下面拍的照片。我认为她这个选择比较令人吃惊。参观修道院、热中于修道院的院墙，同时却在列宁旁边微笑着拍照，她似乎并不觉得这有什么违和。从照片上看，她显得很幸福。满满的幸福感中透着一丝不安。学期一结束就出发，这让我感到意外。毕竟，她可以晚一点儿去旅行，九月份价格会便宜很多。她完全用不着跟随上班族的度假大潮去旅行。但是不行，她执意要立刻人间蒸发。好像是在逃离，或是害怕。但我不太清楚她究竟害怕什么。害怕与父亲相处？她是爱他的，问题不在这里。但是从今往后他们二人每天都会待在家里，日夜相伴。不再有银行界的研讨会，也不再有与高中生组团去波兰的旅行。母亲曾经梦想着退休时刻的到来，但是和父亲同时开启这种生活令她焦虑。她更希望父亲继续工作。本来也是这样打算的，但是银行领导最终没有给父亲延期。他得腾出位置，给新一代让路。至于他们这一代人，从此便可以待在家里了。这样的日子没那么容易，这我能理解。所以，我最后还是赞成母亲马上去俄罗斯旅行。参观修道院，丈量地球上一个停留在往昔的地区。对，正是如此，她所去的地方，时间止步不前。

10. 母亲的回忆

那天走出教堂时，她看到一个小伙子直愣愣地走向她。她永远不会忘记当时感受到的恐惧。他步伐坚定，目光痴狂，额头上挂着几滴汗珠。很明显，他急于走到她身边，可是，一旦站到她面前，也许是忽然意识到自己的冲动，他竟然说不出话来。他呆立了片刻，一动不动，像一幅现代艺术画一样毫无表情。不错，这个场景具有现代性。过了一会儿，母亲想摆脱这一尴尬的处境。就在那时，他说出了那句话："你太美了，我宁可永远不再见到你。"说完他就走了，和来时一样匆匆。母亲记得这个场景，当然是因为情况太特别，也是因为她当时怎么都想象不到自己后来会嫁给这个疯子。在那一刻，她想到的是："这人病得不轻。"①

11

　　没过多久，我就发现自己对老板的第一印象是错的。我记不

----

　　① 稍后，我会设法讲述这个故事的后续发展，究竟是什么样的机缘巧合让他们在几个月后重逢，尤其是：他们是如何一拍即合，决定了共度此生的奇怪计划。

得是哪位小说家写过："不要相信第一印象，因为第一印象通常都是好的。"也许是菲茨杰拉德。可能就是菲茨杰拉德。好了，就算是菲茨杰拉德吧。反正，在这件事情上引经据典并不重要。在油腻的笑声和笨重的体态后面，隐藏着一个今后对我的生活很重要的男人。这其中的主要原因在于，他是第一个把我当成作家跟我说话的人。他这样待我，让我感觉怪怪的，我这人从来就没什么野心，不会为自己成功的可能下一分钱的赌注。每当他谈到文学，甚至是政治或历史时，就会说："你是作家，你应该知道的。"我当然从来都不知道他在说什么，然而不管怎样，他对我一直保持着充分尊重的态度。

他问我小说里讲的是什么。但是他问话的方式很谨慎，很少让人难堪：

"如果你不想说，我也完全理解。你们作家喜欢保守秘密，这我知道。"

"……"

"不过，如果你想听我的意见，我觉得你应该写历史小说，这一直有卖点。写'二战'，大家都喜欢。写犹太人大屠杀，这毕竟太有冲击力了。"

　　"啊……谢谢您的建议。我会考虑的。"

　　我没敢告诉他我已经试了很多次，要写一部关于"二战"期间法国与纳粹德国合作的小说，写卖国贼被清算前夕的日子，写那些占领区小头目突然被追捕的故事。关于罗伯特·布拉希雅赫的逃跑我就做了很多笔记：他藏在保姆间里，后来人们拘捕了他的母亲以逼他出来。我经常想起他走向覆灭的那些日子。并且，我也尝试描写过这样的场景：戴高乐独自在办公室里，做出了对布拉希雅赫命运的决定，做出了判处他死刑的决定。我想到这位英勇无畏的自由法国领导人戴高乐将军，就这样，用自己的笔，瞬间砍掉了一颗头颅。我特别想只为这一幕写一部小说，但是因为想得太多我反而写不出来了。思虑过度会扼杀创造力，和女人打交道也是如此。另外，为写这本小说我做了太多的笔记，我感觉自己都被淹没在资料里了。不管怎样，我利用这个借口放弃了写作计划。放弃雄心壮志总要找到合适的借口，而不必费心去想"我能力欠佳"。

热拉尔（老板让我称呼他的名字而不是姓）这天晚上给我拿来了一台风扇：

"我不能让你在这样的条件下工作，让人感觉像是一直在地铁里，还是高峰时段的地铁。"

"哦，是呀，真的。"

"让人以为是桑拿房，并且是上了锁的桑拿房。"

"哦，是呀，的确，也像桑拿房。"

"或者是在内华达沙漠！对，就是那里！你知道，人称'死亡谷'的地方。简直无法忍受，你在那里会窒息的。到时候千万小心别断了汽油，我跟你说。"

我不明白他为什么要不惜一切代价用比喻来形容此刻的高温

热浪。当然，今年夏天极度炎热，前所未有，令人窒息。这个季节后来作为"酷热之夏"留存在法国人的记忆里。我向他道了谢，为改善我的工作环境他半夜三更赶过来，我觉得太贴心了。风扇转动起来后，他到大厅的椅子里坐下，随后，又到大厅另一头的小沙发上坐了坐。接着，他再次起身来到前台正中央，似乎有些游移不定。我不理解他这是在干什么。

"这台风扇送风非常不错，摆动很大。在哪个位置你都能感受到有一股小风吹过来，很舒服。真的，这台设备很不错。"

"是的，的确，这样好多了。"

我从来都不知道怎样接他的话。我很明白他想和我建立一种私密关系，但是我在接话方面很不在行。他说的每一句话到了我这里都会以确认事实的陈述句结束。有些人能够滔滔不绝地说好几个小时，那些谈论天气的人简直能就一片云发表长篇大论，其实他们这样做只是为了不回家。热拉尔就属于这类人。可是我呢，我甚至说不出一个能够引发讨论的想法。可能正是因为没有这方面的能力，于是我讲起了祖母。是的，我向他袒露了自己的焦虑，几乎是为了讨好他。但是很快，我发现谈论祖母能让我感觉好受一些，尤其是对一个和我们家没有直接关系的人诉说。几天以来，我一直被在养老院看到的情形所困扰。我有一种参观了死亡等候大厅的感觉。我没法想别的事情。也许是我心智不成熟，但这确实是我第一次意识到有一天我也会走向衰老。我一会儿想到要有滋有味地生活，一会儿又深深地体验到生命的虚无。所以，一切在我看来既可笑又荒谬。

这个夏天后来死了不少人。很多法国老人不知怎地都冒了出来，突然占领了太平间。这也是一种形式的抗议，和其他抗议一样。媒体提出一个关键问题："一个西方国家怎么会允许自己的老年人这样死去？"然而，答案也是显而易见的。正因为我们是西方国家，这样的灾难才会到来。欧洲人在对待老年人方面没有任何古老的传统。法国人就是这样发现了可怕的老年病问题。突然，大家发现了这些被抛弃的老年人正孤独地在自己的房间里等候死亡。热拉尔很高兴有这样一个好的谈话主题。他接着阐发了很多思考，我也不想打断他。对一个自己还不太了解的问题高谈阔论很容易，但是几年以后他面对自己的父母时又会如何呢？他批评所有的家庭，说他们只是在阳光下喝茴香酒的空歇时间才给老人打个电话，以此消除自己的负罪感：

"喂，妈妈，你要喝水……这很重要……对吧？你可别忘了……据说每天要喝两升水……好的，大家都拥抱你……我们给你寄明信片了，你会收到的……我们都很想你！好了，我得挂电话了……别忘了喝水……"

他对自己的模仿很是满意，但也注意到这并没有让我笑出来。因为我也一样，即将加入到邮寄明信片的人群中。我也将成为打电话的一分子，打电话会很别扭，因为不知道说什么，不敢问老人好不好，因为肯定不好。接下来，说着说着就没词儿了，过一会儿，老人就会乖乖地承认自己某个地方疼痛，牙疼腿疼眼睛疼，不管哪里都一样。就这样，他们让我们发挥了我们唯一可以发挥的作用，就是确认他们的痛苦。我们反复确认，真心希望疼痛会过去。但实际上我们心里会想，总是这里疼那里疼太可怕了。我们也会想到，将来等待我们的也是这种垂死的状态，以及每一个动作都会带来的疼痛。

缓过神来之后，热拉尔建议道：

"如果请你祖母来酒店呢？一两个晚上。这能让她换换环境和想法。"

"谢谢您的好意。但我不确定她是否愿意。"

"那么，风扇呢？她有吗？希望她有。现在大家抢风扇都抢疯了，断货了，像战时一样。但是，我可以帮你搞到一台，这没问题，我有内部关系。"

"您真是太好了，她有风扇了。"

"不管怎样，不用客气，有任何需要你就告诉我。"

这时，一位客人走下楼来。他衣衫皱巴巴的，就好像他在箱子里睡过一觉：

"你们没有矿泉水吗？我已经把小冰箱里的两瓶水都喝光了。"

"矿泉水？哦……嗯……我给您找……我给您送到房间里。"热拉尔很是尴尬地说。

客人上楼之后，他叹道："幸好我的后备厢里有六瓶水，这下有救了。"于是他跑了出去，好像是一个要拯救地球于干渴之中的超级英雄。他一出门就只剩下了我自己，我立刻站到风扇前，在风中微笑起来。

12. 弗朗西斯·斯科特·菲茨杰拉德的回忆

美国作家菲茨杰拉德本可以沉浸在美妙的回忆里。令人炫目的晚会、女人的香水、香槟酒、辉煌时代的蓝色海岸，但是，所有这一切都过去了……此时，菲茨杰拉德风光不再，在好莱坞过着穷困潦倒的生活。他到处找机会，但大家都把他遗忘了，他的生命正以倒计时的方式走向虚无。一个非常偶然的消息，让身处绝望和病痛之中的他吃惊地获悉洛杉矶的一个剧团正在排演一出话剧，剧本取材于他的小说《一颗像丽兹酒店那么大的钻石》。他决定去排练现场。为此他精心打扮了自己，还租了一辆漂亮的汽车。进入排练大厅后，他先是感到失落，因为眼前是一个业余剧团。他看着这些年轻人，最终还是受到了触动，因为青春正是他的失乐园。他走近他们，所有人都注意到这个走向舞台的男人。他们停下来，看着他。他们肯定马上会认出他，会因为剧作者的出现而激动不已。然而并非如此，完全不是这样。一个年轻人，也许是导演，显然格外生气，他讨厌排练被打断。他问菲茨杰拉德到这来干什么，告诉他不可以这样闯入剧场。作家很惊讶，不过，反正他也习惯了不被人认出来。他亮出了自己的身份，这时，一个年轻女子，一个非常美丽、长发披肩的年轻女子走近他。她表情无比诧异地说："可是，我们都以为您死了。"可想而知，正是对这句话的回忆，让《了不起的盖茨比》的作者终生难忘。

13

　　夏天过去了，气温回落，我们又回到了某种新常态之中。大家轮流去看望祖母，父亲和我是去得最勤的。我坐在她的床边，提议一起去公园散步，或去城里转转，还可以吃冰激凌。她回答说没兴趣，但是她很感谢我的建议。每次离开时我心里都特别难受。我会想："我怎么能留下祖母一个人在这里呢？她一直那么爱我，给我安慰，还给我做浓汤和穆萨卡，我怎么能让她一个人留在这里呢？"具有讽刺意义的是，她也尽力让我的探望不显得沉重，试图向我展示这里一切都好，当然这不容易，但是她保证自己会适应新环境。从某种意义上讲，她如此心思细密，反而让我更加难受。我倒是宁愿她招人讨厌一些，这样让她一个人留在这里就说得过去了。

　　我们一起在养老院里走动。我的目光总要停留在墙上挂的劣质画上。寄宿老人的生活已经够苦了，我不明白为什么还要强迫他们接受视觉的折磨。那些画上大部分都是令人沮丧的风景，以及让人产生强烈自杀冲动的土地。还有一幅奶牛的画，可能是这里的某位寄宿老人画的，挂出来是为了让他高兴。打听之后，我才发现并不是这样，没有人知道这幅丑陋的画出自何人之手，也不知道它为什么会挂在这里。美感的事儿没有人操心。然而，对这幅画的厌恶却在我身上产生一种奇怪的反应：每次路过，我都身不由己停下来凝视它。这幅画现在成为我生活的一部分，并将永远成为丑陋的象征。如此直面丑陋并非毫无益处，它就像远方地平线的一个瞄准点，提醒我们千万别到那里去。这头奶牛，我要用一生来摆脱它。

我和祖母谈起对奶牛的焦虑，对这幅画共同的厌恶让我们笑了起来。当我觉得她状态欠佳，或者感到她在养老院难过时，我就靠近她轻轻说道："你是要我陪你去看看那头奶牛吗？这样你会好受点？"于是她笑了。归根结底，决定把这幅画挂出来的人太有才了。他懂得摆脱丑陋的最好方法就是突出它。说起来，我终究还是不愿意有人把这头奶牛取下来的，它对我们有不可思议的好处。

祖母对优雅和细腻的东西很敏感，她骨子里是个美学家，肯定是她把这种趣味传递给了我，促成我对文字的热爱。她经常对我说：

"人应该美丽地老去。或者说，应该用美丽把自己从衰老中解脱出来。"

"的确……"

"应该看美丽的人、美丽的风景、美丽的画作。我一生中见识的丑陋够多了，为什么现在还要去看别人日薄西山？"

怎么说呢？她是对的。我们每走一步都遇见这些男男女女，他们每个人都有自己的困难，说话、行走甚至让自己保持干净的困难。不断有人走过来向我要一支烟，或者要用我的手机给亲人打电话。这很容易让我觉得自己是在疯人院。在这些风烛残年的人中，有一个男人特别触动了我。我甚至知道他姓什么，他姓马丁内兹，不过他的名字我不太确定，也许叫加斯东·马丁内兹，或者吉贝尔·马丁内兹。反正也不重要。你没法不注意到他：他总是被安放在同一个地方，在走廊里。他整天脑袋低垂，套头衫前面放一块毛巾护着，因为口水永远在流，像一根线。我习惯性地对他说"您好",但是他从来不回答。护士晚上推他回房间。他很安静,似乎没有知觉,让人难以想象他还活着。几乎从来没有人来看望他。我真的不知道他在想什么,或者他是否还有思想。

随着探视次数增多,我习惯了打量这些寄宿老人。真正观察他们,把他们当成曾经沧海的男人和女人,而不是养老院的陪衬。这些男人和女人都曾经在邮箱里收到过信件,在停车场里艰难地寻找过车位,为按时赶赴一个重要约会而奔跑。他们感受过心中的苦痛,也体会过快慰的时光,他们曾为人类首次登月而惊叹,为担心早逝而戒烟,和朋友闹翻后来又言归于好,在意大利旅行时丢失过行李。他们都曾经以极大的耐心盼望长大成人,之后就这样一步步走到今天。我心中只萦绕着一件事:曾经,他们处于我的年纪;将来,我也会走到他们的年纪。在养老院,我行走在自己的未来之中。

此外,在结束丑陋这个话题之前,还要提到餐饮。对祖母来说,这是一天中最糟糕的时刻。她每天两次(早餐在房间里吃)

被安置在同一个女人对面，那个女人长着一副令人倒胃口的面孔。能有什么胃口呢？菜谱也总是千篇一律："给人感觉不一样，其实只是调换了语序。来，过来看一下今天的菜单！"于是我们向小厅走去，各种日常信息在那里张贴。星期二，电影日，十五点放映，今天的电影，《虎口脱险》①。旁边是当日菜单：

午　餐

罗勒南瓜浓汤
图尔沙拉
莳萝鳕鱼柳
茴香奶油
奶酪拼盘
乳制甜点

晚　餐

克莱西浓汤
土豆泥焗牛绞肉
冰山沙拉
时令水果

---

① 说不定有人没看过。

显然，院方竭力以讨喜的方式展示菜谱，几乎让人以为这是一顿大餐。

　　"瞧瞧，"祖母对我说，"他们总是添加些没用的词。沙拉，不就是沙拉嘛。非要加上图尔，让我们以为是在旅行。还有克莱西浓汤……克莱西什么都不是！"

　　"的确，我根本不知道这是什么意思。"

　　"这个更夸张……好好看看，不可思议……这个冰山沙拉！"

　　"是的，这有点过了。"

　　"我在寻思他们是不是借此嘲笑我们。说我们垮塌了，你觉得呢？"

　　我喜欢她这样冷嘲热讽。用餐是她最喜欢抱怨的主题，一开口就停不下来。她受不了炖得稀烂或搅碎的食物："他们不怎么考虑还有牙齿的人，所有的菜品只照顾没牙的人。这分明是歧视。"

　　我笑了起来，过了片刻，她也笑了。她没有立刻捕捉到自己话里的笑点。我会支持她去抗争的。她将是为牙齿而战的切·格

瓦拉。随后,她止住了笑。终归,所有这些并不好笑。我提议:

"下次咱们可以出去吃饭。有个餐馆离这儿不远,有海鲜。"

"你会破产的。"

"我没说我付钱呀……"

"我没钱。我需要钱的时候,你父亲会给我一点。你知道吗……我的零花钱由他来给我。"

说这话的时候她略带微笑,但我很清楚,这是她在捍卫独立的斗争中放弃的另一个堡垒。替某些老年人做决定当然有必要,但就目前而言,对她这样做为时过早。祖母头脑清楚,并且对自己失去的所有东西尤其意识清晰。

我们继续走了一会儿,来到电影放映间坐下。这里没有人,只有我们俩坐在一台大电视机前面看《虎口脱险》。路易·德·菲奈斯用英语说了那句著名的台词:"这么说……你是法国人。"我们像第一次听到这句话一样大笑起来。说到底,这部电影我们就是看一百遍也乐此不疲,现在依然如此。电影画面没有岁月感，永远不过时。这让我想到了自己很欣赏的一个说法："这部片子没长皱纹。"

14. 加斯东·马丁内兹的回忆

几十年前，加斯东·马丁内兹被卷入一场情感风暴。作为一位战前家喻户晓的拳击手（有些人还记得他与法籍阿根廷拳击手劳尔·佩雷兹的传奇大战），他决定为了爱情终止职业生涯。周围的人，教练、亲人，所有人都批评他这个选择，但无济于事：他疯狂地堕入爱河。当然，"堕入"这个词并不准确，因为这个女孩儿不是别人，而是小时候跟他青梅竹马玩沙子长大的小伙伴。他觉得自己就是为了爱她而生的。未婚妻看到他在拳击台上搏斗一直十分痛苦，于是他缩短了她的痛苦，以及有朝一日面对一个鼻子被打碎的男人的担忧。她可是觉得他很美的。

艾丽诺是小学教师，他们喜欢晚上一起看学生的作业。虽然加斯东过去用拳头挣钱，人还是很聪明的。加斯东对艾丽诺的疯狂爱恋也从未减弱，他们现在有了一个小女儿，取名安娜，为了纪念安娜·卡列尼娜。后来，加斯东遇上了另一个女人。他没想到会发生这样的事情。虽然经常注意到有女人向他眉目传情，但他觉得自己无法接近，很明显他和太太总是双宿双飞让他受到保护。他很快就明白了感情和理智没有关系，也明白了是这个女人、这个新搬到他们这幢楼里的叫丽姿的女人动摇了他所有的信念，这个女人后来成为了他的丽姿。他记得这段在两个女人、两种生活之间充满恐慌、备受折磨的生活。他对一个女人撒谎，让另一个女人圆谎。他认为自己经历的是最严酷的惩罚：同时爱两个女人。很多个星期里，他内心饱受折磨，体重也减轻了好几公斤，他不知道怎样做才能走出这种两难的境地。失去艾丽诺对他而言是不可能的，失去丽姿也一样。最后，他做了一个决定，一个无法评判的决定，因为他的身体只能接受这唯一的可能：他决定出走，离开法国。既然无法在两个女人中做出选择，他把两个人都放弃了。

几个月以后，他回到了家。一天晚上，没有事先告知，他就这样来到了自己的客厅。妻子在那里，和他走的那天一模一样，时间在她身上不曾流逝，她安静如常，并因这种安静而美丽。他们没说话，一起走向了卧室。几分钟之前，在进入楼内大厅时，他注意到丽姿的名字从邮箱上消失了。他不会再有她的消息。此刻他感觉还好，不明白为什么自己经历了这段磨难，这段现在需要忘记的磨难。当然，他无法忘记。但是，痛苦终于过去了。夜半时分，艾丽诺打开电灯开关，她要看一看自己如此想念的男人。也许她会说出幽怨或哀伤的话？然而没有，她只说了一句："亲爱的，你真美。"

15

父亲打电话让我帮个忙。祖母从前的一个女友刚刚去世，她无论如何也要去参加葬礼。父亲没时间，希望我能去。他补充道：

"参加葬礼她真的会很开心。"

"没问题，我陪她过去。"

"好的，谢谢。我把车子借给你……"他快速补充道，好像是用借车给我们去葬礼的方式来表明他其实很想自己过去。撂下电话，我想着这句话："她真的会很开心。"还有那句："她无论如何也要去参加葬礼。"父亲说得对，祖母讨厌出去散步，经常以累了、不舒服为借口拒绝我提出去参观博物馆的各种建议，可是这次要去参加葬礼她却有力气了。人到了一定的年纪，唯一能接受的出行就是参加葬礼，这让我难以理解。等我接近死亡的时候，会不会也很想参加别人的葬礼呢？我可能会更想逃离这个将来也会轮到自己的仪式吧？也许，上了年纪的人去参加别人的葬礼，是因为害怕自己的葬礼没有人来？也许这是一种下意识的"礼尚往来"？当然不是这样。我没见过死人还能赴约的。我们去参加某人的葬礼之后，他肯定不会反过来参加我们的葬礼了。这种关系是一条单行线。我的理论站不住脚。不，说真的，我不明白为什么祖母无论如何都要去。尤其这并不是一位她很熟识的朋友。这个朋友后来她见得越来越少，现在永远见不到了。最好的办法，是直接问她为什么（后来在那种情形下我什么都没问）。

一进养老院，我就意识到发生了大事。我到前台去问出了什么状况。我从来都不喜欢接待处的这个女人。她五十来岁，总是特别令人讨厌（二者之间似乎没有必然联系）。每次见到她，她都在发脾气。她身上有某种气息，属于未来战败国的嚣张气息。她说自己特别想马上退休，我想告诉她赶快在这里找张床。一个泡在日薄西山的人堆里的女人，却这么想加快自己老去的进程，我觉得很疯狂。我曾经把她的气势汹汹归结于感情上受到了某种伤害，或者是星象不对，后来发现她就是个傻缺，她现在的表现完全可以佐证：

"有人自杀了，一个九十岁的老人从自己房间的窗户跳下去了。"

"……"

"倒霉的是，还得取消话剧演出，西蒙艺术学院的孩子们本来今天要来演出的。这太晦气了，她怎么不明天跳楼呢?"

　　她原话就是这么说的。我把这句话记得这么清楚真是太不幸了，有时候，我搜索枯肠也回忆不起来保罗·艾吕雅的诗句。为什么愚蠢总比美丽更容易让人记住呢? 我离开了她。除了这个愚蠢的女人，大家都被刚刚发生的事情吓坏了，养老院一片沉寂，救护车拉走了尸体。接下来好几天，保洁员都在使劲清除住在三二三房间的女人留在水泥地上的血迹，但是并没有什么效果。养老院的负责人很担心引起传染效应。一起自杀事件往往会引发后续的自杀事件。但是，在这里还没有。只有这一起自杀，至少到目前为止。

　　跳窗自杀的老人的画面挥之不去。完成这样一个举动需要不可思议的勇气。在一些老年人看来，某一天他们的生命到达了一个台阶，他们觉得生活不值得再过下去了。我看到过绝食让自己饿死的八旬老人，这是一种自杀行为，是在生命到了尽头的时候最后一次能够按照自己的意愿行事。他们用自己仅有的武器抗争，那就是不开口吃饭，即使进食也要吐出来、呕出来。我在养老院里遇见的大部分老人都想死去。但是他们不说死，他们说"离开"，也说"了结"，以此突出生之磨难。因为有时候，了结的不是生命，而是他们对生命的感受。人们常常谈论对死亡的恐惧，但很奇怪，我在这里看到的是其他东西。我只看到了对死亡的等待，看到了对死亡不能如期而至的担心。

我本以为祖母会崩溃。她肯定想取消原定的出行吧？可是没有，她站在那里，已经准备就绪。甚至，她还喷了香水。我刚刚与人类命运最惨烈的场景擦肩而过，现在看到她这个样子，美丽又俏皮，我觉得很不真实。我问她是否知道有人跳楼，她回答说知道。在我看来她完全无动于衷，注意力全部集中在出行的准备上。说实话，后来我才明白，我们不在同一个时间轴上。三天以来她一直想着这个葬礼，仿佛这是她世界中的一个亮点，也仿佛是她度过这七十二小时的充分理由。在等待这一时刻到来的时候，其他什么都不重要。

我们上了车，我还是不能把注意力从老人自杀这件事上转移开：

"你认识……这个自杀的女人吗？"

"不。她总待在自己的房间里。"

"一直没有人管？"

"她自己几乎不能动。我不明白她怎么能跳出去。依我看，有人助了她一臂之力。"

"你真这么想吗？"

"这只是我的看法。我不知道，亲爱的。这事很奇怪，仅此而已。"

她说话时完全漫不经心。然而，我比任何人都更了解她其实是敏感和善良的。我默默地开着车。过了好一会儿，她注意到了音响，问我能不能放点音乐。打开音响时正好在播放塞尔日·甘斯布的歌曲《告诉你我要离开》，他当时的恋人简·伯金可能会把这首歌理解为宣告二人分手，然而它想说的却是时光不再："忆起旧日时光，你为之哭泣。"歌词受魏尔伦诗句的启发，旋律充满了忧伤和美丽。加上早上的刺激，我的眼中流下几滴泪水。很长时间我都没有哭过了。这个旋律带来的感伤超越了那些更加痛苦的时刻，比如在祖父的葬礼上我并没有流泪。千万别让祖母看到我这样。这会儿流泪很荒唐，我正带她去参加葬礼。总体说来，我开始发现很多事情原本都很荒唐。

在我的一生中，这首歌定格在了这一时刻。有时候偶然在街上或室内听到它，无论在哪里，我立刻就会觉得自己正在车里，正在开往墓地。有一个奇怪的现象：它的旋律是那么深深地刻在脑海里，以至于我能够记住后来听到它的所有场景。所以，每一次听到它，我都仿佛被旋律推进一个俄罗斯套娃，各种不同的回忆，互不相干、酸甜苦辣的回忆，最后都汇集到那个最小的娃娃，最里面那个娃娃，那里潜藏着初始的回忆，即（此时此刻）

汽车里的回忆。

16. 塞尔日·甘斯布的回忆

《沙发床》是法国电视台的一档节目，由亨利·沙皮埃创立，一九八七年四月四日首播。节目的设计是请一位名人躺在沙发床里接受采访，就像精神分析师给病人做心理治疗一样。一九八九年九月二十日，在去世几个月之前，塞尔日·甘斯布参加了这档节目。但是他拒绝躺在沙发床里，找借口打趣道："我很喜欢躺着的姿势，但从来不是一个人。"在这次的节目中，他讲述了自己的回忆，尤其是童年的回忆。他父亲是俄罗斯移民，在舞厅和酒吧演奏钢琴。他启蒙了小吕西安（甘斯布的真名）弹钢琴。甘斯布觉得这是最好的学校。孩童时代，每天他都听父亲演奏。节目中他提到了巴赫、肖邦、练习曲、序曲，也提到了科尔·波特、格什温。所以他童年的主要回忆都与音乐有关，他用很漂亮的一句话给这段回忆做了总结："童年生活中的每一天，我都感受着预示未来生活的律动。"

17

　　我们走在通往墓园的小路上。有时候祖母会在一座墓前停下来，这时候我心想：她观看墓穴就像年轻夫妇参观样板间一样。我禁不住对自己说，下一次我可能不是和她一起来，而是来凭吊她了。想到这里，我比她还难过一百倍，双眼一定还红着。她几乎是轻盈地走着，来到了举行葬礼的地方。我们加入了这个小小的送葬队伍。人真的太少了，只有区区十几个人。因此，这原本就恐怖的一天变得更加恐怖。我觉得参加一个人数如此稀少的葬礼太可怕了。它让我想要更多地参加社交活动、结识很多朋友（如果可能，比我年轻的朋友）。不过，我随后得知，我们来参加葬礼的这个女人叫索尼娅·塞纳松，生前是著名舞蹈家，交友广泛。可是她的朋友大部分都先她而去，其他人也都无法出门了。因为去世时年事过高，所以只有至亲出席葬礼。原来如此。看来死得越晚，葬礼那天就越孤单。

　　索尼娅的晚辈们特别高兴。当然，"特别高兴"这词也许不太恰当，不过，看到一位老朋友赶过来他们还是很欣慰的。我记得有一个女孩儿不停地看我，应该说我也不停地看她。事实是，我们俩互相看。葬礼的肃穆阴差阳错地为生命带来了光明和新的可能。悲伤把我推向一种渴望，甚至令我接近某种狂热。这个女孩儿长发飘飘，应该很年轻。接近死亡往往能激发性的冲动，这不奇怪。我不止一次意识到过这一点。但是这一次，也是第一次，我感到既尴尬又兴奋。几分钟之前，我还认为生活无比阴暗，现在忽然觉得它如同一条洒满邂逅的道路。尽管不太敢承认，我想我在葬礼中的确有点儿跟她眉来眼去。一位东正教牧师（我母亲会因此而高兴的）回顾了死者生前的主要事迹，虽然我眼中只有那个女孩儿，时不时还是听到了一些这位对我来说是陌生人的死者的生平。人们回忆起她的成就，她对《天鹅湖》奇妙的演绎方式，在她的遗骸前、在她再也无法舞动的身体前，大家夸赞她出神入化的交叉跳。而我这时心里想的是怎样拿到女孩儿的电话号码，我很难再偶遇她，我们没有共同的朋友，把我们联系在一起的这位舞蹈家刚刚化为了虚无。此时，我只想着女孩儿这一件事。想到今天早上几乎在我眼前自杀的老妇人，我已经不再难受。一切都轻而易举地过去了。然而，此时此刻的事实是：一个女人身穿寿衣，躺在密封的灵柩里，正在沉入地下。

参加葬礼的人们沉默了一会儿，没有情绪的大起大落，因为死亡并不出人意料。大家更多地感受到一种温情、甚至是柔情。死者的女儿应该已经七十多岁了，她向我走来。我没有马上明白她为什么对我说：

"年轻人，看到你如此难过我很感动。"

"嗯……是的……夫人，请您节哀顺变……"

我完全忘记了自己在来的路上哭过，红眼眶并没有写明悲从何来。不过没关系，他们会觉得我是一个敏感的男孩。接着，妇人转向祖母说道：

"您知道……我母亲经常谈起您……"

"彼此彼此。"

"另外，我记得她也时常提到您丈夫。据我了解，这可是一位了不起的人物呢！"

"……"

我相信祖母是想马上回答的，但是她说不出话来。此刻的沉默让我理解了祖父在她心中依然占据着非常重要的位置，哪怕只是稍微提及也会令她心痛不已。后来，祖母喃喃地说这位了不起的人物已经去世了，语气上并没有特别夸张。那位女士现出难过的神情，做了一个安慰的动作。大家互相抚慰了一番。

祖母叹了口气说她累了，想马上回去。接近女孩儿的计划打了水漂。其实，这对我也没什么不好。我就不用承认自己缺乏勇气了。我们慢慢离开了葬礼现场。我一边走一边不时回头，每一次都看到女孩儿在看我。我走得越远，就越觉得女孩儿漂亮，心里也就越难过。忽然间，我想到了父亲的轶事，那个他给我们讲了无数遍的关于他与母亲相遇的故事，他走向她说道："你太美了，我宁可永远不再见到你。"我思忖着，我也可以走过去，对女孩儿说这句话。但是不行，这很荒唐，太荒唐了，因为我唯一的愿望是再次见到她。我不愿意把她和别的女孩子放在一起，那太扫兴了，我们会和这些女孩交换眼神、相互微笑，觉得会发生点什么，但很糟糕，最终只有遗憾。不，我不想和她这样。可是又能怎样呢？我需要在孝顺孙子和女性征服者之间做出选择。直到我们回到车前，我都一直犹豫着。

我不由想着女孩儿的脸蛋和笑容，这是这个不幸的日子里开启的一扇窗。我琢磨着怎样能再见到她。有了，我想到了一个主意。有一个办法，就是经常来祖母朋友的墓前凭吊，希望那个女孩儿也有同样的想法。后来再也没有人比我给索尼娅·塞纳松扫墓来得更勤了。

18. 索尼娅·塞纳松的回忆

索尼娅的丈夫是俄罗斯裔，出身决定了他的行为。所以，一九四一年，他决定离开法国参加红军。索尼娅试图阻止他，但是没有用。她从此再也没有听到过他的消息，独自和女儿一起生活。

几年过去了，她打定主意继续过着没有他的生活。她把全部能量和情感都倾注到舞蹈中。她成为一位著名舞蹈家，在众多芭蕾舞剧里闪耀着优雅的光芒，名扬海外。后来，苏联向她发出了邀请。那时候，正值冷战高峰时期，没有人愿意去那里。但是她动员了整个舞蹈团动身参演。她对莫斯科怀揣梦想，其实更期望能够知道自己丈夫的消息。演出获得了巨大成功。她争取到与一位政府高官会面的机会，对方答应帮助她寻找丈夫的下落。第二天，他给了她一个地址。当晚的舞蹈跳得很艰难，她不停地去想那个地址。这么说，她的丈夫还活着。上百种假设出现在她的脑海里，当然，在这些假设里，占据第一位的是他可能已经再婚。在谢幕的掌声中，泪水哗哗地流过她的脸颊，所有人都从中感受到了艺术家超凡的感染力。

她让舞蹈团的一个演员陪她一起去那个地址。十年的痛苦和忐忑即将结束。终于到了，汽车停在莫斯科郊区的一栋小楼前面。她在门厅里的信箱上找丈夫的名字，但是，那个时候俄罗斯人的信箱上不标注姓名。她轻轻地走上楼梯，旋即敲了敲门。一个女人打开门，问她有什么事。一个女人，这么说他结婚了。但是，过了几秒钟，索尼娅意识到这个女人年纪太老了，不可能是他妻子。她说出自己丈夫的名字，老妇人让她进了屋。他在那里。是的，他在那里。他坐在厨房的一把椅子里。她怔住了。是他，正是她生命中的那个人，她为之流过很多眼泪的男人。

整整一分钟，她都在盯着他看。他没有转过头来。索尼娅朝他走过去，旋即意识到他已经失明。当年他宁可销声匿迹也不愿意回到法国，不愿意面对不能亲眼看见自己的妻子和女儿的事实。索尼娅把头靠在了他的肩上。几个月之后，她取得了苏联政府的同意，把丈夫带回了法国。一天晚上，他温柔地对她说："你的面容留在我的回忆里。"

19

我们回到车里。祖母看上去很疲惫，但是我提议去海鲜馆吃午饭。这样的时刻需要犒劳一下自己。她没有马上回答，仿佛犹豫着什么。后来，她说道：

"我更想回自己家。"

"……自己家？……你是说？"

"是的，我自己的公寓房。我想回去看看我自己的公寓房。"

我沉默不语。还没有人告诉她真相。我说没有人，是指我的父亲和伯父们。尽管他们答应祖母不卖掉公寓房，但还是卖了，甚至都没告诉她。房子卖得很快，当时事情很凑巧，阴差阳错。祖母一离开公寓，楼上的邻居就联系我父亲要买房子。由于房地产市场疲软，邻居的报价让人无法不动心。兄弟三人本来是想保留房子的，但是他们也很清楚这个决定不过是自欺欺人。不管怎样，公寓迟早要被卖掉。于是，在邻居的坚持之下，他们让步了。邻居采取了有些野蛮的坚持方式。他威胁说不买了，下了最后通牒。很久以后，我才得知，在祖母搬走的前几天，邻居和她有过一次谈话。他饶有兴致地问道："您要搬走了?"祖母回答："这只是暂时的。"于是邻居意识到这事得抓紧。他做梦都想扩大自己的公寓，为了能拥有一个单独房间，好好存放自己收藏的小火车。

几年前，祖母把房子过户到大儿子名下，我想是为了规避遗产税。这下好了，房子就这样卖了。但是眼下什么都不能和祖母说。因为她刚刚对养老院有了点儿好感。他们本想晚些时候再告诉她。我要说明的是，这不是钱的问题。伯父把房款都存入了祖母的账户，等告知她实情以后，再由她来决定如何支配。他们本想继续保守一阵子卖房的秘密，可是情况特殊加上祖母执意回去，所以她今天就发现自己已经没有家了。她的家，现在直至永远，就只有养老院了。

我借口自己没有时间，但是她反驳道："你有时间去餐馆，没有时间带我回家？"无论如何，我不想撒谎。我不想背负这个角色。于是我把什么都说了。她半晌没说出话来，最后她对我说："请你送我回去。"路上，我试图为她的儿子们辩解，当然我的辩解很无力。况且，在内心深处，我和她想的一样。我认为父亲和伯父们做得不对，不该不告诉祖母就把公寓卖了。回到养老院以后，祖母吻了吻我的额头，对我说谢谢。我提议陪她回房间，但是她说不用，一连说了三遍。

这个真相太让她难过了。房子本身她不在意，她在意的是那些家具、窗幔、锅碗瓢盆。那些东西都给扔了，这让她发疯。她的儿子们没有意识到这些东西的重要性。他们觉得这都无所谓，她也不需要了，他们不明白问题不在这里。他们不懂得物件里面有记忆；他们破坏了刀叉中的人情味；他们扔掉了无数个冬天里祖母取暖的被子；他们永远地熄灭了落地灯的光芒，祖母临睡前曾在这盏灯下阅读过很多书籍。所有这一切都没有事先告知，这是把她推向死亡。儿子们的道歉没有任何用处，他们试图解释机会难得、卖掉房子是迫不得已，这不管用，祖母打算用怨恨把自己封闭起来，她现在打算远离孩子们独自死去。

　　这个新的局面让我父亲无比震撼。和哥哥们相比，他平时对母亲的关怀更多，也总是努力做得更好，可是现在，母亲不理他了。每个夜晚，他都担心她不曾原谅他就这样死去。他没有人可以分担忧虑。我母亲一直都不在，她每天都在上网查找廉价出游的机会。父亲不明白为什么她从来不建议两个人一起出行。就是这样。每次旅行回来，都能感到她无所事事，需要再次出发。我们当时还没有意识到她不停地往外跑有什么不对劲，我们以为她要享受生活，却没有想到她其实是厌倦了自己的日常生活。父亲很不幸，终于有一次，他流露了自己的悲伤。正是看到了父亲的悲伤，祖母放弃了自己的执念。一天，她搂住他，对他说：

"再也别这样对我了。"

"好的，妈妈，我向你保证……我真的很抱歉……"

这太令人惊讶了，他们俩经历的这一幕简直就是过往岁月的奇妙回放。就像是孩提时候，妈妈在原谅犯了大错的孩子。母子和解的那天（仿佛是要回归生活），祖母向父亲要钱："我想去理发。"父亲看到自己又变得有用了，感觉很幸福。

20. 祖父母以前的邻居、现今房主的回忆

十三岁的时候，他对自己的女邻居产生了性幻想，这是一个三十来岁、已婚、性感的女人。她很漂亮，尤其是乳房特别丰满。每天深夜，他都幻想着自己是鲁滨逊，但是并没有漂流到一个荒岛上，而是漂流到女邻居的胸脯上。他想停留在那里，那儿

肯定是世界上最美妙的地方。为此他想出一个主意：在自己卧室的墙上钻个洞。根据他的方案，墙洞正对着邻居夫妇的卧室。"哈哈，那可有的瞧了。"在制订这个邪恶计划的时候，他忍不住笑出声来。利用父亲出差的机会（父亲是火车司机，经常一走好几天），男孩开始凿墙。不用多说，他的计划很快泡汤了。邻居夫妇发现了墙洞，并进行了投诉。后来，孩子的父亲以友好的方式解决了问题，赔款补偿，还抽了儿子一个大耳光。他吼道："你脑子进水了？简直是个神经病！"男孩的自我性教育计划就这样流产了。

21

不知不觉中，因为上夜班，我和很多朋友疏远了。因为晚上八点上班，我不能再参加派对、看电影，不能享受无忧无虑的夜生活。与世隔绝固然有利于写作，但是容易绕进死胡同走不出来。要成为作家，我没有足够的生活经历。守在这里、困在夜晚的孤独中，我拿什么去谈论爱情呢？到头来，我见得最多的人就是我的老板。他来得越来越频繁。一天晚上，因为懒得回家，他干脆在自己的旅馆里找了间客房睡下了。因为他在我的生活中经常出现，我也可以把他设计成小说中的一个人物。但条件是要给他换个名字，他的名字太不文艺了。我尽自己所能挖掘想象力，因为指望不上托梦获得灵感，我的梦境从来都是不着边际的。我编不出任何故事。在无边的田野中，我的心灵好像被困在围场里，那围场就是我的视野所及。我真的开始担忧起来。我需要更多的阅历。我应该在欧洲的什么地方跳下火车，事先做好谋划，之后恣意妄为。当然我也可以记录祖母和养老院的生活，但是我担心这个主题会把人吓跑。其实我更担心把自己吓跑，担心无法忍受这个平淡无奇的日常主题。我当然认为应该挑战现实，而不是向它屈服。我想写和两个波兰人在一起的故事，把自己打造成漫画杂志中的英雄。归根结底，我梦想着经历伟大的事情。

最让我吃惊的是，我经常遇见父亲。我们经常在养老院碰上，在我们的关系中，如此频繁见面我还不习惯。我们现在碰到一起总会有话题，这让我很吃惊，因为少年时代和他在一起时经常是无言以对，甚至是互不理解。当然，他也从来不过问我的生活。我在酒店上晚班还是在肉铺上白班，他都不好奇。我曾想，也许有一天，等我计划买房的时候，才能让我们突然打开话匣子，因为信贷是他最喜欢的话题。但是还早呢，我可不想当业主，我一直不明白借了钱之后再用二三十年还贷有什么意义。我更想知道明天我会做什么。他其实挺可怜的，他试图通过发表看法来让我相信他仍然对当下的经济形势了如指掌。他看不出自己的态度是多么脱离现实，别人从他的脸上就能读出他已经远离了竞争。有生以来第一次，我为他感到难过，这难过渐渐替代了无动于衷。

祖母的生日快到了，父亲问我有没有什么让她高兴的主意。我说有，我想给她安排点出乎意料的事情。我对自己的主意特别满意。遗憾的是，我的礼物太个性化了，他得自己另外想点什么。忽然，他想到了睡衣，但随后又想起去年已经送过一件。"和老人相处很麻烦的，他们什么都不要。可是，你如果什么都不买，他们也会生气。"他这么说其实表明他缺乏想象力。但他说得也没错，祖母是不太喜欢礼物的那一类老人。算了，没必要让自己纠结。我建议他带祖母去海鲜馆吃饭，当然，他对我说这正是他最初的想法。他希望两个哥哥那天也能腾出时间。不知道为什么，三个儿子与他们的母亲一起在餐馆吃饭的画面立刻让我难过起来。这个家里有一种很沉重的东西。为什么他们的关系疏远了呢？我父亲和两个哥哥关系不太好，我和伯父们也没什么联系。童年的快乐回忆被沉闷的现实一扫而光，我不知道是年幼无知让我美化了过去，还是现在的生活的确变得黯淡无光了。我还记得祖父曾经是一位有权威的大家长，可是现在他不在了，一家人的感情也就变得淡漠了。糟糕的事情还在后头。伯父们会来和父亲一起给他们的母亲祝寿，午餐将是一场灾难。灾难的高潮肯定是一群工资微薄的服务生端着蛋糕、夸张地送出廉价的祝福。

也许午餐比这更欢快，毕竟我没在，可是我也没瞎编。气氛肯定比较沉闷，与父亲和我讨论生日礼物的画面一模一样。仿佛祖母的衰老传染给了每一个人，违背她的意愿让她留在养老院，这种负罪感让大家再也无法轻松地回到过去。他们行走在两侧是窄墙的一条街上，路越走越窄，萎缩似乎是不可避免的。我不能再多想了。通常，当疲倦、不适的感觉袭来，我就会梦想着能有个人依靠一下，一个能给我提供庇护的女人，或者只是一个异性知己。我的心就像掉了链子的自行车，我不想一直空蹬下去。我想把自己的心力用在有用的地方。我对柔情充满期待。

祖母生日的第二天，我下午一点半左右来找她。大家都在午睡，很安静，我们像小偷一样溜了出去。给这个年纪的女人制造惊喜不太容易。如果不说去哪里，她就不愿意出去。

"不远，真的。相信我。"

"那好吧……"

"要是你不喜欢，我就送你回来，别担心。"

尽管脸上的表情不情愿，她还是为出行做了准备。她穿上了最喜欢的连衣裙，就是在索尼娅·塞纳松葬礼上穿的那条重要场合才穿的裙子。我感觉仿佛是要去墓地，这让人更加紧张。"我以为你是要去一趟理发店的。"

"……可我已经去过了……"

"看不大出来。"

"你眼神不行。这是你的问题。"

"……"

我宁愿一声不吭，避免她对我观察女性妆容变化的能力继续发表议论。但这并不妨碍我开车的时候在心里进行反驳。女性总要问我们是否注意到她们外表有什么变化，这让人很烦。她们是自己外貌的暴君，而我们是应声附和的奴隶。男人可以为一个女人痴迷，深深地并且盲目地爱着她，但不一定会注意到她用了新粉底，注意到有时候甚至是肉眼看不出来的那些细节。也有女人会因为自己的微小举动没有被男人注意而生气，认为简直是岂有此理。那个时候，还不能说我在与女人打交道方面有很多经验，但是我已经注意到，随着感情的深入，这种自恋的烦恼必然与之相连。爱情并没有给她们带来安全感，反而制造了新的脆弱地带。比如，我就看到一些看似强势、独立的女人，本来对这种被人欣赏的需要相对超脱，随着感情的确立，也开始要求更多的关爱。这是女性体系的（无数）悖论之一。这是我在开车走神时想到的。

最近几个月，祖母染上了去理发店打理头发的嗜好。她的发型从来没有什么大的变化，都是大概剪一绺头发，但是被人这样照顾着，她会很受用，这也是活在世上的某种切实证明。父亲给她钱，告诉她可以去美甲或者美容，做自己高兴的事情。我觉得她注重起自己的外表很棒。然而，尽管为我们的出行做了积极的准备，她还是尽力控制着自己的焦虑。我们去哪里呢？我把车停在巴黎二十区的一幢小楼前面。这里地铁不太方便，因此房租肯定比较便宜。今天是星期四，不过小区里却有一种星期天的氛围。我感觉这里的人远离工作，远离积极的生活，对外界麻木漠然。

我们进到楼里。正要按对讲机，我发现大厅的门是开着的。这正合我意，这样就不用通知对方我们到了，以免破坏了惊喜的效果。我找到楼梯。一进电梯，祖母便问道：

"这么说，你还是不愿意告诉我要去哪里吗?"

"两分钟以后你就知道了。"

"这里气味不太好。"

"都用不了两分钟，你看，到了。"

长长的走廊两边满是房间，有点像酒店，但除此之外，就没什么真正像酒店的地方了。我让祖母别动，等我找到房间号。随后，我回来带她过去。我要找的人住在走廊的尽头。我本来就担心我的想法荒唐、会失败，或者两者都有。走向房门的这几米更增加了我的焦虑，我担心自己的安排都白费了。敲门前，我轻声问："怎么样，你准备好了吗?"她的回答完全出乎我的意料："你让我想起你爷爷。"我待了片刻一动没动，突然觉得有些感动。她说得对。我肯定是从祖父那里继承了制造意外的爱好，而此时此刻意外正在发生。

　　我按了门铃。有好几秒钟，一点反应都没有。也许门铃坏了？我又敲门，还是没有动静。我不愿相信自己的安排全白费了。终于，我们听到了细微的声音，需要注意力特别集中才能辨认出来，后来我明白了，开门的男人穿着溜冰鞋。这是个活得很仔细的男人，他讨厌皮鞋，也讨厌声音，所以把门铃也关掉了。他讲话略带鼻音，问道："有事吗？"我的回答终于让祖母不再困惑："我们是您的粉丝。"以这样恭维的方式开场让他放下心来，他打开了门，不过，他的吃惊并没有掩盖住他内心深处的焦虑。我们发现了一个没有年龄的男人（可以说他在四十二岁到六十五岁之间），他个子很高，是的，特别高，也许像戴高乐将军那么高。这两个人之间也就这一点可比了。这个大块头的男人有着圆圆的眼睛，他看上去饱受脱发的折磨，几缕头发很蹩脚地搭在宽阔的额头上。在秃头巨人的外形之下，他给人一种奇怪的感觉，好像是他来到了别人家。

他清了下嗓子，这意味着该我说话了：

"先生您好，真心感谢您开门接待我们。就像我刚才说的那样，我和奶奶是您的忠实粉丝。我们还不完全了解您的作品。"

"……"①

"尤其是那幅奶牛的画。在您看来这可能有点夸张……但我必须承认，我们对这幅画有些崇拜……"

"……"

"是这样的……这幅画挂在离我奶奶的房间不远的地方……并且……这个……"

"请进，二位请进。"画家说。

我们跟随他来到装修简陋的客厅。只有一个长沙发摆在屋子中央，像一个被抛弃的孩子。他说要去卧室找点东西。我和祖母

---

① 我用了省略号，不是因为画家默不作声，实际上他的嘴是张开的，仿佛有省略号从里面冒出来。

默默地交换了眼神，随后忽然噗嗤怪笑起来。用"噗嗤怪笑"来形容让我有些意外，但确实如此，我们俩笑得像做了坏事的孩子。

"你不是疯了吧！"

"怎么？你不开心吗？见到你的偶像了！"

主人回来时拿了一把椅子、三个杯子，他给每个人都倒上了酒。很明显，他其实已经不太习惯应酬了。他的确是想和我们喝一杯。我搞不清楚他让我感动还是让我害怕；我不知道面对的是一位令人感动、略带激昂的艺术家还是一个严重的精神病患者。

过了一会儿，他结结巴巴地说：

"很久没有人和我谈起我的画了……你们是认真的还是在耍我？"

"不不，我们真的喜欢您……"

他半晌没说话。我也完全不知道该如何打破沉默。当时我担心他看出我们此行带有讽刺意味，不过他好像并没有过度疑心。

由于长期没有受到任何关注，他已经听不出正反话了。

"我很久不画了……"

"那幅奶牛的画，我们特别喜欢，经常去观赏。"

"您什么时候画的?"祖母问。

"我不记得了。这幅画我完全没有印象了。想不起来了。有一段时间，我画得很多，有时候一天好几幅。"

"……"

"那时我只想着画画。后来，不知道为什么，我忽然放下了画笔……我对自己说这毫无用处……我画得太差了……"

"……"

他轻声说着，仿佛被自己的话惊到了。他在谈论绘画时的样子，就仿佛一个人早上醒来后，试图把做过的梦串起来。而我们待在那里，听他诉说，假装是他的粉丝。不过，他要是停下话头也未必不是件好事。看得出他是有自知之明的，因为尽管我被他这个人打动，奶牛那幅画依然是一幅劣质画，即使传诸后世，劣质画依然是劣质画。祖母有些怜悯他，大胆地说道：

"太遗憾了，您应该接着画的。"

"是吗？您这么认为？"

"是的，您有一种风格，没有人这样画奶牛的。"

这倒是真的，没有人这样画奶牛，我心里想。画家看起来真的很感动。就在这一刻，我知道我的意外之旅要踏上一段新的行程了。我们原本是来找乐子的，可能也有点儿笑话人的意思，但最后却要激励一位搁笔的画家。我看到他的脸上焕发出光彩，说话也连贯起来。他很愿意说话：

"现在，我记起来了……曾经有一段时间，我喜欢给动物画像，画了很多猫。猫身上有种特别令人吃惊的东西。猫什么都不做也能完全自娱自乐。而人做不到。过不了一会儿，人就要活动、说话、干点儿什么事情。"

"哦，是的，您不说我还真没有注意到……"祖母点头称许。

"冒昧地问一句……您现在做什么？"我问道。

"什么都不做。十年前我继承了一笔遗产。不太多，但是够用了。于是我停止了工作。我那时候是造型艺术课老师。其实，我主要教初一。我受不了孩子，他们画的水粉画令我作呕。"

"……"

"不过，我给你们讲讲最好玩的吧。"他接着说。

"嗯，好呀。"

"实际上我后来又在毕加索学校找了份工作。这太棒了。每天早上，抬头就能看见毕加索的名字……我曾经停止了绘画，可是毕加索现在却每天都在监督着平庸的我……噢，我讲自己的故事让你们听烦了吧。"

"没有……没有，当然没有。"我们回答的语气不够坚定，但是我们的主人并没有注意到，他继续讲着。很久以来，他第一次讲到自己的生活和一些回忆。出现了一种动人的温情氛围。我们让这个男人一时间走出了深深的孤独。

之后，他开始问我们问题。他对我的工作感兴趣，说我这个选择很好，因为好的想法都是半夜才出现的。我记得他说的是："趁着坏想法在睡觉，好想法半夜就会出现。"也许这不是他的原话，但差不太多。一开始我觉得这位画家有点可怜，可现在他越来越打动我。我面前的这个男人曾经拥有梦想，当然，他没能付诸实现。目前他处在这样的境地，生活在这个空荡荡的客厅里，像《驴皮记》里的主人公那样，一点点把驴皮用光。而我也许永远也写不出一本小说，每当我被这种焦虑撕扯时，这个客厅的画面就会来纠缠我。

祖母和我一样深受感动。离开时，她长时间握着画家的手感谢他的接待。他弯下腰拥别祖母，可以说他把自己折成了两节，这笨拙的美好画面留存在我的记忆里。我们离开后，这位前画家在沙发里待了一个小时一动没动。后来，他突然起身，找出一个小本子，在上面写道："买画布、画笔、水彩。"就这样，他重新拾起了往日的激情。就这样，他即将开启一个新的绘画系列，主题为"奶牛"。

离开画家以后，我们有好一会儿没说话。小区依旧沉浸在周日的气氛里。回程的路上我们也没说话。到了养老院，我陪祖母回房间。到了房门前，她对我说谢谢，谢谢这个美好的生日。亲吻她之后，我往酒店走去，迷失在幸福和感伤之间。此时此刻，如同每一个悲剧发生的前一天，我片刻都不曾想到后面发生的事情。

22. 奶牛画家的回忆

那时候，他为自己取名范·库恩，埃德加·范·库恩。他觉得作为画家有个荷兰名字很酷。他住在一个小开间里，但是这挡不住他有远大的志向，或者说，成为一位大画家的雄心壮志。当时他二十岁，喜欢画动物。他越画越多，到了后来，房间里除了画，就只能放下一张睡觉用的沙发床了。他尝试去画廊参展，但是不行，没有人要他的画。他连付房租的钱都没有了。女房东一天敲好几次门，每次他都假装不在家。因此他习惯了穿溜冰鞋行走，这样别人就听不到声音了。一天，房东威胁说要找法警，他这才开了门。看到房间里堆满了画，房东很受感动。但房租还是要支付的。他承认自己遇到了困难，现在的情况比较麻烦。他建议房东拿一幅画，是的，他说，您随便拿哪幅都行，画送给您，您宽限我几天。女人来到房间里，她立刻就明白了她哪幅画都不喜欢，于是，为了缩短对双方的折磨，她随手拿了一幅离自己最近的画。一幅画着奶牛的丑陋的画。房东同意用画做交换，他应该觉得轻松才对。恰恰相反，这令他痛苦万分。因为他看到了房东怜悯的目光。不久之后，因为这个目光，他停止了绘画。

三十年后，女房东被送去养老院。她的孩子和侄儿们来帮她搬家。他们不停地对她说："千万别多带东西，带最要紧的。"于是，为了给他们找麻烦，几乎是心血来潮，她到地窖里找出这幅奶牛画，说无论如何要带上它。这幅画就这样来到了养老院。她一到养老院就把画放到了柜子后面。七年后她去世了，侄子发现了这幅画，但没把它拿走。一位保洁人员看到画后不仅没扔掉，还把它挂在了走廊里。

23

那段时间，我所谓的爱情生活就是时不时去一趟墓地（其象征层面略而不计）。起初我满怀希望，几个星期之后，希望变成了一种可笑的感觉。她不会再来了。没有人会再来索尼娅·塞纳松的墓地。即使是我，也不能说是真的来过。我心中所想只是与一个陌生女孩儿发生一段故事。这个希望超级渺茫。

女孩儿一直没有来，她的脸开始在我的记忆里消散。我都不太记得她头发的颜色了。去墓地越来越像是在浪费时间。不过，有一天，发生了一件事情。离我几米开外的地方，聚集了一些人，一场葬礼即将举行。我也过去看了看。即使我要找的女孩不来，这种情况下我还是可能会遇见另一个。我不是完全没有道理，我看到来了几个女人；谁知道呢，也许她们需要安慰。我虽然讲起这件事，其实从葬礼一开始，我就觉得自己很愚蠢，甚至感到羞愧。我站在那里看女孩，好像是参加一个画展开幕式或者一个鸡尾酒会，却无视了参加葬礼的人的痛苦。她们在哭泣，每一滴眼泪都令我印象深刻，直觉告诉我她们在为一位好人流泪。这样一想我就更加别扭。我悄悄离开了葬礼。去墓地的事该停止了。

我曾经与一个高中的女友保持来往，但是她刚刚搬去与新未婚夫一起住了。生活对一些人来说是在向前走，而我总是落单，我的生活止步不前。我的性生活就像一部瑞典电影，有时候甚至连字幕都没有。我梦想着热辣、短暂的冒险，有时候也差点变成可能。酒店里有一位俄罗斯女客人，她有着俄罗斯女人的神奇之美，目光深邃凝重，配得上八百页的悲剧小说的女主人公。每次来巴黎，她都订一间房。我不知道她是干什么的，况且，我也不感兴趣，我停留在被她的外表迷惑的层面。她可能是连环杀手，又或者是莫斯科派驻到《法国摇滚杂志》的女记者，不管是什么，我都会用同样单纯愚蠢的目光注视她。我目送她上了电梯，想和她一起上楼。一天晚上，她打电话到前台，什么都没说。

不，最后还是说了一句话："我想确认一下打这个号码是不是你来接。晚安。"整整一夜，我大汗淋漓，反复回味她这句话。什么意思？是要我上楼吗？我上了楼，在她的房门前停留了好几分钟，走来走去，还轻轻弄出动静好让她听见。我不能敲门，我希望她把门打开，我希望她来开门。很多年后，有时我仍然会希望她把门打开。

我只好又下了楼。我没有权利擅自离开值班岗位。第二天离开时，她几乎没有看我。我明白了在她门前走来走去没起任何作用。就像花时间去墓地也没作用一样。我对感官欲望的企图失败了，没有败于令人沮丧的喧嚣，而是败于某种波澜不兴的悲凉。后来，我学到了"凡事不可强求"，人们经常挂在嘴边的这句谚语虽然听起来荒唐，其中却自有真谛。后来我还吃惊地发现写小说也一样。不应该搜索枯肠去构思、打草稿，小说自己会来。在小说敲响想象力的大门时，只需要做好准备接收就行。文字本身会在不经意间翩然而至。

尽管可以大书特书我给祖母制造的惊喜，这让我看上去几乎是一个完美的孙子，但我去看望祖母的次数还是越来越少了。我把这归结于自己正在经历的轻度抑郁，而走进养老院需要心理强大情绪饱满。但归根结底，我觉得不是这个原因。不管怎样，探视的间隔都会越来越长。有点像是集体开小差，因为父亲来得也少了。起初，我每星期来两到三次。后来，变成每星期一次，渐渐地变成了一个月两次。最可怕的是，我不是没有时间。我完全可以经常来看望祖母的。可是最近，每次来我都很别扭，有时候我俩没什么可说的，这在我看来不啻一种折磨。祖母本该充满活力、有说有笑甚至喜欢逗趣，我也能感到她在特别努力地与我互动，可是大部分时间里我们都在她的无边孤独中无言以对。我自己也不再像从前那样特意编出一些故事给她听，而只是做到来看她时尽量储备几个趣事，提前准备一些话题来填补空白。可是我们要说的话有那么重要吗？有时候只要人在就够了。祖父临终前曾对我说："多留一会儿吧。"他当时即将死去，已经没有什么要说的话了，可是他表达出要我陪伴的愿望。那么，我为什么眼下却要弃祖母于不顾呢？后来，这个问题一直让我不能释怀。老人们想要什么？他们行走在通往虚无的道路上，慢慢将自己与世隔离。交流的内容逐渐消失，而我们在那里，守候着悲伤。

24. 我不知姓名的那个俄罗斯女人的回忆

她的大部分童年时光是在圣彼得堡度过的，经常单独和母亲在一起。父亲是位实业家，经常出差，尤其是去巴黎。他总是给她带礼物，一瓶娇兰香水，一个埃菲尔铁塔模型，一本巴尔扎克的书或是拉杜丽的马卡龙。她想象着这个国度就是父亲的国度，一个仙境般的地方。孩子对父母的爱并不一定与他们是否在身边成正比，这种情况并不少见。即便如此，有一天，她还是觉得父亲这次出差的时间比平时长了太多。她想象不到，没有人敢告诉她父亲在几个月前死于车祸。也没有人会想象到，对她隐藏实情却把她推向了一个不确定的世界，一个随着悲剧揭开而崩塌了的世界。她怀揣愤怒度过了童年，一心想着去巴黎。所以长大后她经常过来。整个城市对她来说都是对父亲的回忆。她定期来巴黎，仿佛是在静默凭吊。香榭丽舍大街、奥博坎普街，包括克雷伯街，这些大街对她来说都如同硕大的城市墓地中的各条小径。父亲的灵魂在这里，这是肯定的。有时，她感到自己脱离了现实世界，需要马上抓住什么东西，于是她会拿起电话打给随便一个人，只是为了确认在电话另一头有一个真人的声音。

25

我马上赶往养老院和父亲会合。在地铁里，我不停地在想他刚才说的话。祖母不见了，他就是这么说的。我了解他，了解他这个人，知道他说话时一向喜欢斟酌，我一直觉得他会这样宣布自己母亲的离世：*她走了*，或者*她离开了我们*，或者*她不在了*。我甚至想他可能会简单地说：*结束了*。我想象不出他会说：*你祖母去世了*。早上父亲的来电让我立刻意识到事情非同寻常。我们的联系总是有精准、固定的时刻，从来没有意外，像彼此连接的高速公路。"你祖母不见了。"是的，他就是这么说的。我重复着这句话。我的第一感觉是发生了什么不幸，这点我并没有弄错。我片刻都没想到要从字面上理解他的话，去除话中的含蓄成分。父亲沉默片刻，肯定是为了让我有时间消化他给出的第一信息，他补充道："她确实不见了，她没有在房里过夜，养老院的人不知道她目前在哪里。"父亲有时候还是能够做到用词准确的。

地铁一如既往地前行①，我感觉自己在飘浮，当然是因为我昨晚值夜班还没有睡过觉。我观察着地铁站的名字，第一次真正地读站牌。在生活中的某些时刻，我们习以为常的东西会忽然改变颜色，比如今天早上的悲剧情形就让某些微不足道的东西后来莫名地在记忆里凸显出来。那些路上遇到的乘客也变成记忆中的人物，忽然间不再是无名无姓的隐形人。我当时可能情绪激动，然而描写这些时刻却轻而易举，因为记忆很完整，充满了无用的

---

① 我们总是说乘坐地铁的人每天生活一成不变，可是要说一成不变，什么都比不上地铁。

细节，我只需笨拙地弯下腰采集现场的果实即可。来到养老院，看到父亲那张因焦虑而凝固的脸以后，这个场景还在继续。我记得看到他时我特别惊讶，他手足无措，不知道是要大发雷霆还是要放任自己惊慌失措什么都不管了。看到我后，他几乎是扑了过来，对我讲发生了什么。因为紧张，他的话一摞一摞急促地冲出来，我试着在脑子里把他的话一句一句掰开，好弄懂他的意思，就像把两个正在打架的人分开一样。

几分钟后，我们来到养老院女院长的面前。她又对我重复了之前已经和父亲说过的话。其实没有什么可补充的，没有新情况，对我重复一遍正好让她打发时间，遮掩不知道该做什么的无能。她很不自在，我看到她的嘴唇在发抖，说话也不利索。这个总是端坐在那里、盛气凌人的女人在我眼前崩溃了。她可能十分害怕祖母的失踪变成一宗丑闻，让养老院名声扫地。我间接见证过的那个老太太自杀事件对她触动不大，原因很简单，是老人自己跳窗而亡，这不是她的责任。不管怎样，谁能阻止一个人自杀呢？但是，祖母的事可能有管理上的漏洞，尤其是考虑到过了那么久才发现老人失踪：

"我们知道午餐时她还在。是的，这一点是肯定的。后来，今天早上……因为早餐是送到房间里的……所以发现……"

"那昨天晚上呢？"我问道。

"昨天晚上……很显然，她没来吃晚饭。"

"所以呢？肯定得有人过去看看，不是吗？"父亲突然暴躁起来。

"有时候寄宿的老人不想吃晚饭，或者想早点睡觉……"

"那你们就不核实吗？没人去看看那些没来的人？"

"有……有的……正常情况下……但是昨天……有个员工没上班……她病了，通常都是她……"

"所以没有人核实！您意识到您的责任了吗？假如昨天晚上就知道，事情可能就会不一样。她可能在什么地方摔倒了……她露宿街头！"

"我很清楚……不过……如果出了意外……我们就会知道

了……也就能找到她了。"

"能找到什么?!"

"您听我说,先生,我很难过。为了解决问题,我们什么都愿意做……但是请您冷静。"

"你们甚至不知道她什么时间离开的!"

"这里不是监狱!我们不登记老人出入的时间!"

院长最终选择了进攻。有过错的人总是喜欢反守为攻。我抓住父亲的胳膊试图让他冷静下来。他的情绪让我吃惊,也让我松了一口气。我希望他能把握局面。我觉得自己很虚弱,太虚弱,一想到祖母不知在哪儿我就透不过气来。在这种时刻,脑子里难免会想象那些最残酷的场景。现在,冲无能的院长发脾气无济于事,最好到外面去,也许有人看到过什么。

几分钟后,我说:"我们应该去报案。"潜意识里在拒绝这个想法,报警应该是和犯罪相关,或者至少是和特别严重的事件相关。我们走向最近的派出所。一到了那里,我们就觉得自己的举动有些荒唐。我们父子二人来到这里，希望国家警察能找到我们爱的一个人，一个人间蒸发了的上年纪的女人。正要和我们面前的第一位警察说话时，我忽然问父亲：

"妈妈呢？她为什么没来？"

"……你妈妈……她最近不太好。"

我什么都没说。这句话让我感到不解。我前面说过，父亲从不这样直截了当地说任何事情。后来我发现，好几个星期以来，他一直在试图向我隐藏母亲的状况，某种意义上也是想保护我。发现他也有仁慈的一面，这令我很感动。但是在突然发问的情况下，再也无法粉饰事实。我们所面临的残酷现实不允许含糊其词，拐弯抹角。不久之后，我就发现母亲经历了什么，而我事先却全然无知。从根本上讲，我批评他人感情狭隘，但是，我开始扪心自问，虽然我看上去好像很关心人，自己在生活中是不是也倾向于独来独往。我经常感到孤独，实际上我对此负有责任。我属于我的时代，在这个时代没有什么理念能够强大到把大家彼此联系在一起。战争、政治、和平乃至爱情都变得无足轻重，甚至荡然无存。我们拥有的就是自己的虚无。这一切让人感觉舒适，仿佛美美地渐入梦乡。因而我的不适感也不强烈，它轻轻地走过，没有负担。我发现了母亲的痛苦，我却觉得一切都顺理成章，我眼下什么都看不到，因为我并没有脚踏实地地生活在现实中。

此刻我在派出所面对的正是这种现实。有些警察的脸上有种令人称奇的东西，仿佛永远都不会有什么事情让他们感到惊讶。他们见惯了所有可能的怪诞事件、最疯狂的行为举止，因此吃惊这种人类行为模式在他们这里已经表现不出来了。也许应该告诉他们我祖母去月球做羊肉馅穆萨卡了，这样警察的反应才可能会有所不同。其实，我相信派出所前台接待警察的作用就是让报案人心中生厌。他就像夜总会的门卫，由他来决定什么样的案子可以放行。

"您母亲是成年人吗？"警察问我父亲，我没太懂他是在耍弄我们还是官僚机构的大门把他的脑袋挤扁了。

"什么?"

"我问您,您母亲是不是成年人。"

"可是……这是我母亲……您怎么会觉得她不是成年人呢?"

"我在问您问题。"

"您在耍我吗?"

"听着,先生,别这么和我说话,否则我叫同事了。我问了一个简单的问题,如果您不愿意回答,那么您可以走了。"

"好吧……好的……我母亲是成年人。"

"在这种情况下,我们什么都做不了。"

"可是她快九十岁了!她肯定有危险,应该提供帮助,做点什么。我也不清楚,应该发个寻人启事,是吧?"

"先生,这不可能。您说过她是成年人。对成年人我们不发寻人启事。"

"可是天呐!她这个年纪……不能还算是成年人了!"

"请镇静,先生,请镇静。"

我在父亲耳边悄声说最好别发火。很明显，对面的蠢货就是想把我们逼疯。我们待在那里一动不动，做不了任何决定。过了一会儿，警察问我们还有什么需要，我们没有回答。我想他会让我们离开，但是一滴眼泪从父亲的眼角流下来，无疑眼泪中更多的是愤怒无助而不是悲伤。这是愤怒的眼泪，是生我们自己的气。很快，他的哥哥们就会过来，他会与他们商量重大的决定、下一步要做什么，尤其是共同分担巨大的负罪感。因为，在见证了他人如何麻木不仁之后，他现在意识到这就是报应：祖母的逃离——因为这只能是逃离——也是有先兆的。自从把她安置在养老院的那一天起，就开始了现在这可怕一幕的倒计时。

在这对一动不动、惊恐不已的父子面前，警察最终说道：

"我叫一个同事来给你们做笔录。好好想想所有能记起来的细节。"

"……"

"多保重！"他出乎我们所料地补充了一句。这太令人费解了。他的同事看上去更和气一点，但是很明显，他做笔录只是为了让我们高兴，为了显示做了点什么而装装样子。

"你们打算做什么呢？"父亲问道。

"我们也做不了什么。以防万一，我会通知附近其他派出所老人失踪的事。当然……还是有用的。"

"你们不能派一支巡逻队吗？开展问询？"

"您能想象我们对每一个擅自跑开的人做这些吗？"

"可是，这不一样……她年纪太大了……"

"我知道，先生，但调查不是说做就做的……"

"那怎样呢？需要我把母亲的尸体拿给你才能做吗？是吗？"

第二位警察把我们请了出去。一出来，我们俩都意识到浪费了宝贵的一个小时。父亲的手机响了，是养老院的院长：

"给您打电话是为了告诉您，您母亲的茶水还放在卧室柜上，她没有喝。"

"哦，这说明什么？"

"说明她用茶之前就离开了养老院，也就是下午四点之前……昨天。我就是想告诉您这个情况……"

"哦……谢谢……"

"我要召集全体员工会议,看看是不是能搜集到其他信息。"

"嗯嗯。"父亲咕哝着挂了电话。

我们犹豫着要不要分头行动,各自寻找,这样可以扩大寻找范围,但是我们最终决定一起走,尽管不太清楚应该从哪条街开始搜寻。

26.前台警察的回忆

很多人喜欢说他们最好的回忆就是孩子的出生。这个年轻警察也是如此,他十九岁就早早当上了父亲。一次夜总会狂欢之后,他和一个女孩上了床。之后,每次遇见两个人都有点尴尬,只是简单交流几句。可是,三个月后,女孩对他说:"我怀孕了。"他觉得自己的世界在崩溃。他决定承担后果,于是这对一夜情夫妻开启了共同的生活。孩子出生那天,他把女儿抱在怀里，搞不明白为什么，他开始哭泣。他不清楚流泪的原因，其中有最近这几个月的焦头烂额、对未来日子的焦虑，还有孩子明亮的脸蛋。心慌意乱之中（对他而言，一个男人是不哭的），他把女儿交给保育员，自己躲到了厕所里。看着镜子里的自己，他低声说："好了，从现在开始，十年之内我不会再哭了。"这句话源自他祖父对他的教导："男儿有泪不轻弹，十年只能哭一次。"

27

我想到了离家出走。是的，离家出走，像个少女一样。很多线索令人不安。祖母的床铺整洁，房间里的一切都收拾得一丝不苟，她好像还穿了一条漂亮的连衣裙。没有人听说养老院周边发生过任何袭击事件。当然，这不是决定性的因素，主要还是直觉，主动出走的可能性越来越大。也许这样想我们会更好受吧，谁知道呢。父亲不相信这个推断，他说祖母没那么多钱说走就走。至于警方，他们没有给我们提供任何具体信息。空空等待的日子开始了。

　　荒诞左右了事情的轨迹，我们的行动也因为绝望而完全失去了应有的判断。我想到要在小区张贴寻人启事，就像丢了猫咪贴小告示一样。我翻出祖母的近照，可是最近拍的照片都一个样，不是在生日蛋糕前面，就是在某个节日的时候。我觉得发布寻人启事用这样的照片很可笑。不过别无选择，尤其是也没有时间去思考。我在寻人启事上写明了祖母可能出走的日期和时间。每次贴寻人启事，我都觉得有目光盯着我，审判我，这种感受前所未有。我感受到的不是同情，而是被普遍的敌意包围着。好像宣告某人出走必然是承认自己有罪。在这些目光中，我突然变成了虐待祖母的孙子，因为老人出走才让我发现自己很蠢。寻人启事上留下了我的电话号码，那些可能提供线索的人可以打过来。尽管老人走失多少令人同情，但是没有人把寻人启事当回事。几个小时以后，我开始接到各种电话。窃窃暗笑的少年（听声音我都能想象出他们脸上的青春痘）说昨天晚上碰到过老太太；有的人打电话问各种问题，但是很明显他们其实帮不上什么忙。我甚至接到了《法兰西晚报》一位记者的电话，他觉得事情至少很独特，想写一篇报道。当然，媒体可能会有所帮助，可是我觉得把祖母变成花边新闻太可怕了，所以就没答应。还有一些自称是祖母朋友的小老太太说肯定知道祖母在哪里："是的，先生，我肯定知道她在哪里，等等，我能想起来。"当然她们什么都没想出来，因为她们根本不知道。贴寻人启事这一整天的可笑经历迫使我当晚就打了退堂鼓。当我撕下启事时，有几个路人问道："有进展了？找到老人了？"我低声说还没有。

最好的办法当然是从养老院开始调查，别的老人也许能提供重要信息。但是我对祖母非常了解，知道她和谁都没有结下友谊。她最多是和某些人多打几次招呼而已，她不太可能透露自己的计划。养老院院长倒是查问了所有人，但没有任何结果，大家什么都不知道。父亲回了家，去照顾母亲。我也想着母亲，虽然不知道到底出了什么问题。祖母的失踪在我脑子里占据了一切，我打算第二天去看望母亲。一个伯父陪我一起寻找祖母，他一得到祖母失踪的消息就请了几天假。悲剧能把家人凝聚在一起，这非常令人惊讶。我平时几乎看不到这个伯父，我们之间也没什么话说，但是此时此刻，我们好像不可思议地亲近了，如同被焊铸在一起，这与共同点和回忆无关，很显然，这属于血亲关联。

我们在走廊里走着，我感受得到，他特别怨恨自己最近没有经常来看望祖母。他记起上次在餐馆的生日午宴时，因为心中惦记着要赶回去干什么事情，他看了好几次手表。现在，面对人去室空，他宁愿放弃一切来换回那被他下意识地看表行为破坏了的宝贵聚餐时光。假如祖母现在死了，他得多么恨自己。他多想时光倒流到那顿海鲜大餐啊。我在他的脸上看到这种追悔莫及的表情。他不知所措，却以某种断然的方式表现出自己确定是在做出正确的决定。其实没有什么决定可做，在这样的现实面前，要说能够采取具体行动那是自欺欺人，就像一名小战士自以为有能力战胜包围过来的大部队一样。我们可笑地做些无用功，在那里走来走去，东问一句西问一句，试图在她房间的某个角落里找到一点证据，但这就像冲着冷风挥拳一样无济于事。然而，还是出现了一个神奇的时刻，当时我们来到了那幅奶牛画前。我告诉伯父，祖母和我经常来这里看这幅画，他看着我半晌没说话，忽然爆发出笑声。一分钟之前负罪感还折磨着他，此刻却被画中这头奶牛、这头硕大无比的奶牛一扫而光，如同一阵荒谬可笑的狂风。

伯父走后我多留了一会儿。养老院的老人们很亲切地看着我，有人走过来给我鼓劲。这种温情的鼓励十分动人。一个女人走过来告诉我：

"我不认识她，但是我确信某一天她会出走……"

"是吗？为什么呢？"

"她看上去从来不会屈服……"

我不知道如何回答。我和这个女人走了一会儿，后来，另一个女人过来，我们又一起走了一会儿。就好像是一支奇特的华尔兹舞曲，我交替地挎着年迈女人的手臂，迷失在某个不可考的朝代的迷宫之中。我几乎不再想什么，而就在此时我看到了一幕奇特的场景。就在那里，一个不熟悉的走廊尽头，我的目光被一道门的门洞吸引过去。我就像个窥视者一样，看到一对老人正在亲吻。我有种抓到非法恋人的感觉。一个男人，一个女人，俩人在那里，彼此抚摸着。我听不到他们的窃窃私语，但是猜得出某些温柔的字眼，甚至，我觉得还有几个生猛的词语。我经常会想到老年人的性欲问题。而归根结底，这也是一个需要问自己的个人问题：欲望会消失吗？会有那么一天我对感官欲望无动于衷吗？我经常向祖母问起养老院里老人们的情感故事。当得知对爱欲的渴望不会真正停止时，我很惊讶，甚至有点惊奇。她给我讲过几个老人的八卦，甚至有时候还发生争风吃醋的事情。我继续目不转睛地看着眼前的两个人。他们现在停止了抚摸，互相贴靠在一起，时间仿佛忽然静止了，这对老人彼此相拥就像是筑成了抵御死亡的壁垒。

从这个阶段起，我的爱情生活就一直伴随着对衰老的思考。

我觉得应该纵情人生，摆脱掉伦理道德的羁绊。从此，我不停地感受到迫切的欲望，认为男欢女爱就是生活的本质。我觉得，当我们心中能够意识到人终将老去时，对爱情就会有另一番体会。我说的不是对死亡的恐惧，不是因人生苦短而纵情声色，不是的，我说的是——也许这很天真——为了某一天身体不能活动时，集聚起一个美丽的宝藏。我会越来越喜爱女人，在每一个细节带来的迷恋和不断增加的快感中去体味。我愿意她们直接投怀送抱，不要向我发问，愿意她们像窃贼一样亲吻我的嘴唇，永远做我熟悉的陌生人。我现在想到这些也并非偶然，记得就是在参加葬礼的时候我和那个女孩互送秋波，而在悲情剧和色情喜剧之间也总是有着某种内在关联。我继续看着那对老人，祖母仍然不在。我继续观察他们，同时也想着衰老在静候着我。到时候我也一样，肯定是躺在那里，梦想着有人正在并永远地爱抚我。我还想到了川端康成的小说《睡美人》，小说里讲老男人们去客栈只是为了在年轻女子身边睡觉。这已经与性无关了，而仅仅是要在走向死亡的途中在唇边留下天堂的味道。与奉献出气息和体味的女人同床共枕，在女人秀发的萦绕中沉入梦乡。我被死亡缠绕，心中碎碎念想的是：我愿风流至死。

28. 川端康成的回忆

川端康成，日本著名作家，一九六八年诺贝尔文学奖获得者，他对美的感知超凡脱俗，始终不停地探索感官体验。对他来说，这是对以悲剧开始的人生的永恒逃遁。他两岁时父亲死于肺结核，一年以后母亲也患肺结核去世。三岁就成为孤儿的川端康成随后又要和姐姐道别，是永别，因为姐姐不久也早夭而亡。祖父母收留了他，但是死亡在继续：祖母不久后也离开人世。所以，他童年的记忆就是与祖父孤独相处的记忆。八年间，二人相依为命。当他到了能够理解家庭悲剧的年纪时，祖父对他说："我们遭到了死亡的打击，这让我们有义务彼此相爱。"四十五年后，他依然记得祖父的论断，因此，当丹麦记者问及他作品中为什么经常出现死亡的主题时，他回答道："死亡让我们有义务彼此相爱。"

29

　　两天没睡觉，这严重影响了我的体能。我好像在透过色彩斑斓不断闪烁的多棱镜看世界，有点像刚被闹钟闹醒，抑或仍然在梦中。周围的物体以漂移和笨拙的方式离我而去，我总是想抓住什么，但又抓不到。我感到头晕目眩，却什么都不敢说出来。老板现在每天晚上都过来看我，他注意到我惨白的面容。我一跟他解释我的情况，他就急了：

　　"你应该早跟我说啊！赶紧回家吧，好好休息。"

　　"可是……您这里怎么办呢？"

　　"那你就别管了！"

　　他对我一直这么友善关爱。他会想办法的，大不了他自己来守夜。"值夜班让我想起自己年轻的时候。"他带着灿烂的微笑补充道。有些人具备一种能力，在帮助你的时候会让你觉得对他没什么影响，他就是这样。这种态度令我感动。我回到家，重新发现夜晚是用来睡觉的。

好几次醒来时，我都不知道自己身在何处。我得用好几秒钟才能看清房间的轮廓，然后以此为出发点恢复对现实的认识。我觉得，所谓幸福可能就是这样的时刻，在睡眼惺忪之际，睁开双眼打量自己的生活，几乎惊讶地看着面前的自己。这一时刻有点像对自己童年的回忆，那是些不知为什么会留存多年的奇怪记忆碎片①。不知道为什么记忆选择了此一时刻而不是彼一时刻。的确，选择是非理性的：我记得婴儿车的颜色，某个保姆的脸，约翰·列侬被暗杀；但是不记得上过三年的幼儿园，和父母一起在西班牙的旅行，还有我最喜欢的一只狗的死亡，大家都记得而我却忘记了。有一些色彩、声音和时刻，在我们的初始记忆中不断

---

① 顺便说一下，我要提一个一直困扰我的问题：为什么人们记不住童年？当然，那时候大脑还没有发育成熟，对这个现象有很多生理学上的解释。但是我不愿相信只是这方面的问题，肯定有一个原因。童年往往是体验初级快感的时空，对很多人来说，童年是满足单纯和简单快乐的天堂，但是把这些全记住肯定会有风险。我认为，如果人们对儿时的快乐总是念念不忘，就可能永远无法长大成人，就会一直沉溺于往昔的快乐时光而难以自拔。

深入冲击，仿佛是一些洞窟探索者，能够凿开完整的童年记忆的岩石。这就是我那天早上想到的，想到这些肯定是为了陶醉在时间停滞的幻觉里，为了让意识晚些清醒，为了在面对真实的一天到来之前再稍作停留。

我本想回家看望母亲，但还是先去了养老院。万一有消息呢。其实我知道，如果院长没给父亲打电话，就是没有新情况要告诉我们。的确没有任何进展，一进养老院看到她那张脸，我就知道没有进展。她告诉我她一夜都没睡，现在的情形让她特别心烦意乱。她给其他养老机构的负责人打过电话，大家都谈到发生过类似的情况。但是，出状况的全是更老的人，或者至少是智力不健全的人。我祖母这个情况很少见。她建议我喝杯咖啡，或喝杯茶，或别的什么东西，可是我更愿意离开。我判断不出她有几分真诚，我甚至觉得她不过是在装模作样，为的是把我打发走。这个傻缺让我恼火的地方，是她想通过表现自己的痛苦来取代我的痛苦——现在回想起来，我完全可以这么写：她就是个不折不扣的傻缺。见到她的时候，我难受、焦虑，她的表演又把我推到一个更不舒服的境地。好像应该由我来安慰她，告诉她一切都会恢复正常。她没有权利这样做。我不在乎她是否让我喝茶或者喝咖啡，我只是想让她找到我的祖母。

于是我很快离开了养老院，而且毫不怀疑我永远不会再踏进这个地方。我在周边的街道上走着，和昨天一样漫无目的。去哪儿呢？正在我嘀咕着"这一切都没用，最好放弃无谓的调查"时，突然有了想法。经常都是这样，不是吗？我来到祖母经常光顾的理发店。为什么我没早点来这里呢？女理发师应该很了解祖母。理发师都很擅长让顾客说出心里话，这一点众所周知。当然，不仅仅是理发师，所有服务行业都如此，凡是那些客人进门之后只需坐着或躺着的行业都这样。在这里，话匣子很容易打开。理发店很小，主要靠养老院的苍苍白发维持。首席理发师肯定被称为玛丽莲，我记不清了，索性就叫她玛丽莲吧。她正坐在沙发上读一本杂志。一看到我，她就说道：

"哎呦，头发像鸟窝了！"

"哦……不，不是我要理发，我是为我祖母来的!"

"太遗憾了，您的头发该修理了。"

一时间，我在镜子里看了看自己。今天出门时我没有心思梳理头发，的确，我的头发看上去桀骜不驯。

"您祖母在哪儿呢？"玛丽莲问。

"确切地说，我不知道。"

"您不是让我给她理发吗？您却不知道她在哪里？"

"不……很抱歉，我表达得不清楚……其实是我祖母失踪了，因为她经常来您这里理发……我在想……也许您会知道点儿什么……"

"她叫什么？"

我说了名字，理发师想不起什么来。我开始对祖母进行描述，尽量细致给出明显的特征。还是不行，理发师隐约有点印象，仅此而已。于是我从包里拿出前一天的寻人启事，面对照片再一次证实了一点：她不认识祖母。

"您确信吗?"

"是的……不过,那么多人来理发……等等……照片再给我看一下……啊,是的,她来过……可是有好几个月了,现在我想起来了……一个特别和善的人……"

"好几个月了? 您肯定吗?"

"是的,后来就没看见她。"

"她没再来过? 您确信吗?"

"哦,是的,有时我会走神,但脑子还是清醒的,还不至于给谁理过发我都不记得。"

"您确信吗?"

"难道要我用中文再说一遍吗?!"

"……"

我们之间出现了片刻沉默,忽然我听到店铺里面有声音,声音很微弱,好像是不小心发出的声音。我马上问:

"这里还有别人吗?"

"……是的,是我女儿。"

"您女儿？她在里头……帘子后面?"

"是的，我女儿在那儿……她玩呢。"

"她玩呢?"

"听着，年轻人……我不太明白您的意思……"

"我能去看看吗?"

"什么?"

"到帘子后面，我想到帘子后面看看。"

"有没有搞错?!"

"求求您了。"

"我希望您离开这里。"

"求求您。"

"而我，我请您出去!"

她使劲盯着我看。我肯定很怪，但是绝对不让人害怕。我相信她肯定觉得我的举动很真诚，最终她说道："好吧，您看吧。"我走向帘子，我认为祖母会在那里，从一开始就藏在那里。刚才那个声音只能是她发出来的。理发师之所以让我去揭开谜底，是因为她看到了我的困惑和焦虑。她一开始有些抵制，但是现在她明白了，最好结束这出并不好笑的喜剧。我走过去，慢慢地掀起帘子，非常缓慢，我看到一个小女孩儿坐在地上，正在玩娃娃。

我一声不响地退了出来，随后离开了理发店，什么都没说。曾经有那么一刻，我确实相信她就在那里。是的，走向帘子的时候我确信她在后面，现在我知道这自信有多么荒唐。她在一个小理发店破破烂烂的后间里面能干什么呢？我当时真蠢。我坐上地铁快线赶去父母的独栋别墅，路上一直想着自己很可笑。直到回到家，来到父亲面前，我才忽然明白了一切。

30. 玛丽莲的回忆

这是最近的一个回忆。一个年轻人走进理发店，用颤抖的声音对她说："也许您会觉得有点怪，可是我想知道，刚刚您给她剪发的那个女孩儿，您是否还有她的头发……她是我的未婚妻，我特别喜欢她的头发……所以，我觉得就那么扔掉太可惜了……
如果没扔的话，我很想捡回去……"

31

　　我不喜欢市郊的独栋别墅，我觉得独栋别墅阴森森的。我喜
欢乡村的房子或者城里的公寓，我还喜欢可以有所选择。不知道
为什么，想到父母生活中随便一些细枝末节有时会让我很恼火。
我会大书特书对独栋别墅的愤恨，专门写抨击文章，我可以发明
一些理论，专门探讨是哪些社会职业类型投资了这些整齐划一的
小块地皮建筑，我不知道，反正我会激动，会羞辱他们、蔑视他
们。说起来，独栋别墅与我何干，我完全不在乎。我就是一时冲
动，自己也控制不住，随后我就平静了下来。事情过去了，没什
么大不了的，我不过是来看望父母。

　　我敲开了门，发现父亲的模样和从前大不一样。他的脸部下

垂，每天他的表情都会往下落一点。他的举止神态很说明问题：他的动作之间、言语之间都不连贯，每一个行动会产生一百个断点，动作之间没有连接，给人不断逃脱的感觉。他有点像画面卡住了的电视屏幕，可是我不会去捶他的背，电视屏幕卡住时我们会毫无道理地敲打电视机，好像这样屏幕就可能恢复正常一样（多奇怪呀）。开门后，父亲等了差不多十秒才和我打招呼，又过了一会儿才让我进屋。

"我煮了咖啡，你喝咖啡，对吧？"他边往厨房走边问我。我跟着他穿过没有开灯的走廊。"是的，来杯咖啡挺好的。我给你倒杯咖啡，好吗？我买了很好的咖啡，你尝尝。"于是我们喝了杯咖啡，俩人站着没说话。喝完咖啡，他又问：

"你饿了吗？想不想吃点什么？"

"不……我还行，不饿。"

"不饿，你确定吗？说真的，我有吃的。你得吃点东西，这对你有好处。你肯定不饿吗？"

"好吧，那就吃点……"

他松了一口气，从橱柜里拿出一包吃的。我答应吃块饼干，这让他对自己的存在感到心安。

"家里都好吗？"我问道。

"嗯，挺好的。"

"妈妈的事，你应该早点告诉我的。"

"你再来一块点心吗？我记得你喜欢这种饼干，对吧？"

"是的，谢谢，很好吃。"

"……"

"妈妈呢？为什么你一字不提？"

"我也不太明白。事情发生得很快，并且又是进行式的……我很早就感觉有问题……后来，有时候她又完全正常。所以我也不太明白。"

"她在睡觉？"

"她在她的房间里，现在可能还在休息。她在服用抗抑郁药。"

"她知道我回来吗？"

"知道，我告诉她了。"

此时此刻，我们俩都忘记了祖母的事情。家里的气氛令人心烦意乱，我也没想起来要告诉父亲我去过理发店。这几天发生的事情让我不堪重负。多年来我的生活一直很顺利，家庭生活也很平静，波澜不惊，可是突然间几个悲剧同时出现，令人非常诧异。我感觉这是在为那些平静的岁月、那些无忧无虑的时光埋单，这的确有些难以接受。我四处奔波寻找祖母，可是在某种意义上又忽略了母亲。我想离开而不是走进她的房间，我想逃跑。我有我自己的生活，我还有一本书要写（经不起推敲的借口）。我不想承担任何责任，永远不承担。我愿意他们忘记我。可是，就在这样思绪茫然的时候，忽然间我领悟到，这种消隐的愿望正是把家人联结在一起的纽带。

我轻轻地走进房间，没有敲门。母亲展现出一脸笑容，这让我松了一口气。父亲的话曾经让我很担心。一旦面对真实的她，我觉得事情并不像我想象的那么严重。母亲似乎很高兴见到我。然而，我们的关系已经变得很远，我也不知道究竟是什么原因。也许是小时候她没怎么抱过我，所以有时候我很难和她亲近。但是这一次，我拥抱了她很长时间，随后坐在了她的床边。但我很快对她的轻松表情改变了看法。这不是真实的她，而更像一个被（药物）控制的女人。我又一次不知说什么了。于是我看了看房间里所有的细节，如同一个落水者在寻找浮标一样，我在寻找话题。她的床头柜上放了一个镀金圣像，肯定是一位圣女，这令我吃惊不小。母亲一直喜欢教堂，研究教堂的建筑，我前面还说过，她也喜欢宗教仪式，但这从来不涉及任何信仰。相反，她甚至对宗教言辞尖刻，我经常听她说："宗教是弱者的信仰。"我感觉她是引用了尼采的话。她把圣像摆放得那么近令人吃惊，似乎她的信仰发生了转变，甚至可以说她在潜意识里承认自己忽然变成了弱者。她尽力抓住一些图册、小物件，期待这些东西能把她从混沌之中、从空虚压抑之中解脱出来。在时断时续的清醒时刻，她会问自己到底怎么了，然后轻声说："我害怕。"

在长期的教学生涯中，她曾经多次目睹一些同事患上抑郁症，由于工作强度大、筋疲力尽，他们都去了疗养院。这个职业不容易，让人精神紧张、心力交瘁，但是她不明白怎么会走到这个地步，忽然间就精神失常了，她现今想的是以后要一直这样躺着度日了，唯一的陪伴是对下一步会发生什么的恐惧。她想知道为什么自己的感觉会如此糟糕，因为此前没有任何征兆预示她要经历这些痛苦。恰恰相反，她曾经认为退休生活就是享受的乐园。最近几年，她一直盼望着可以随心所欲安排退休后的生活。她可以徒步、读书、旅行、睡觉，而这就是幸福所在。再见吧不安分的少年（他们一年比一年不安分，她同情新世纪的教师们），再见吧星期天晚上还要批改的作业，再见吧咄咄逼人的家长。最后一个学期期末时，学校为了对她表示感谢安排了欢送会，每个人都觉得欢送会特别感人。大家凑份子在一家旅行社给她购买了代金券，这样她就可以想去哪儿就去哪儿，想什么时候出发就什么时候出发。她拿上所有的东西，最后一次关上储物柜。像所有退休离职的人一样，她保证会时常回来，跟大家互通消息。不过疾病就把她绊住了。不管怎样，即便她有时间回去看同事，那情形也肯定和父亲刚退休时一样：她时不时回去一趟，最后终于发现和以前的同事其实没有什么可交流的。和从前学生的交流也大致如此：老师很高兴见到学生，想知道他们现今如何，但是这些都问过之后就没什么可说的了。怀旧的话说起来超不过十分钟，她肯定会很快明白这一点。也许是预感到这份悲凉即将来临，她才选择通过抑郁症来避免面对这种世态炎凉。

夏天快结束时，她感觉出现了一些状况。刚开始她以为是因为旅途疲劳，但不对，应该不是这个原因，回来之后她总是睡得很多。好像有一个污点在她身上、在肉体上和精神上不断扩大。是的，她所感受到的就是一个污点。这么说有些含混不清，但这是她想出的描述这种不断缠绕在身上的感觉的唯一词汇。她开始低声说话，开始自言自语，开始无法跟父亲搭话，甚至不再想和

136

他说话。这是父亲后来向我承认的。至于母亲，她则是在很久之后才告诉我，事情的起因是看到父亲一整天待在电视机前面，那一幕让她崩溃。九月到了，她四十年来第一次不用返校上课，但她没有想到自己的身体会遵从某种习惯和节奏停不下来。她花了一上午整理橱柜，收拾旧书，准备午餐。整个上午，父亲什么都没干，一个指头都没动。他瘫坐在电视机前看电视购物。为了一个能一边睡觉一边做运动的设备，他甚至惊叹不已，有那么一会儿他还观察起自己的上身，试图测度哪个部位可以用得上电视里兜售的真空火罐。父母刚刚退休，这本来是大好事，父亲本可以说："走，出去散散步……走，咱们去翁弗勒吃饭……走，一起去看电影……"但是没有，他什么都没说，在新的处境下他萎靡不振。抑郁突如其来。通常情况下，空虚会狡黠地随着时间悄然而至而不是忽然现身，让人猝不及防。可是这又怎样呢？接下来会发生什么呢？父亲唯一的外出就是去养老院看望祖母，回来时总是失神落魄。多少年来，父母用工作掩盖了彼此的倦怠，现在双双退休直面自己的生活，两个人谁都没有气力去制造幻象。尽管如此，我确信他们之间还有爱情。当然，一直都不是那种轰轰烈烈的爱情。而且我明显感觉到我的出生也不是他们激情的产物。但是爱情还在，通过父亲面对这种新状况时惶恐的目光可以看得出来。

也许到了讲讲我父母第一次奇特邂逅之后是如何再次相遇的时候了[①]。在见到那个女孩并产生了莫名的冲动之后，父亲回了家。等到平静下来以后，他的头脑清醒过来。他这样一个一向谨言慎行的楷模，怎么会一下子冲向这个女孩儿？这女孩儿的神情到底有什么与众不同，竟然让他一见到便怦然心动？是前世姻缘的牵绊，还是说这就是人们常说的"一见钟情"？如果是后一种，为什么他没有试图去结识她而是一跑了之？他为什么又说出那样一句话？他六神无主、心慌意乱，搞不懂自己的感情，摸不清自己的脉动。日子一天天过去了，这个女孩儿却一直令他无法忘

——————

[①] 假如您是跳着阅读这本书的，我会很难过，不过您还是可以读一读第 8 章和第 10 章，这能让您找回故事线索。

怀。因为对女孩儿一无所知，他没法找到她。他觉得唯一的机会就是在教堂门口探寻，期待有一天她还会再来（写这些文字的时候，我忽然意识到自己多年后也采取了同样的做法，经常去一座墓地默思冥想，希望与一个陌生女孩儿重逢。真是难以置信，也许是潜意识驱使我去复制一个我熟悉的故事？也就是说，虽然父亲什么都不曾转述给我，他却在无形中左右了我的行为，冥冥中我俩之间有一种联系）。他每天都去教堂，但徒劳无功。母亲只去过那里一次，而且也没打算再去。我不知道父亲在追寻这条不确定线索的时候究竟坚持了多久，但是我知道这段有点非理性的人生经历让他很享受，因为别人对此一无所知。所有人都认为他是个严肃成熟的年轻人，刚刚开启在银行界的大好前程。没有人会怀疑他心跳异样，仿佛着魔一般。他有时也觉得自己这样很可笑："总来这里是不是疯了。我不会再见到她的。更糟糕的是，即使再见到，我也不确定能对她说话。这一切毫无意义。"他最终决定放弃。但在那之前，他会再去一次，最后一次碰碰运气。

当然，她没有来。但那一天有活动，是一个婚礼。我父亲决定混到宾客中间。在新娘的朋友面前，他说自己是新郎的朋友，在新郎的朋友面前，他说自己是新娘的朋友。婚礼办得很好，很感人，这样的婚礼让人产生结婚的冲动。新娘很漂亮，是个美丽的俄罗斯女郎，反正俄罗斯女郎都很漂亮。新郎好像为了新娘皈依了东正教，尽管熏香的气味很浓，还是能感受到他身上幸福的味道。从教堂出来时，一个女人走向父亲：

"您，您没有被邀请。"

"什么？我当然被邀请了……"

"我也没被邀请。我觉得东正教的婚礼很美，所以我就混进来了。"

"可是，我是有邀请的。"

"行了，都告诉你了我也没有被邀请，别编了。再说，两个人在一起不显山不露水。咱俩一起吧，这样看起来更靠谱。"

他就这样遇见了阿佳特。长话短说：因为阿佳特的关系，父亲后来找到了母亲。阿佳特是一位年轻演员，尤其热爱即兴表演。每个星期一晚上，她都和自己的剧团表演一场戏剧。他们在一顶帽子里放上一些纸条，上面写着一些怪诞的题材，比如《意式烩饭和盖世太保》，或者《威尼斯和阿尔茨海默病》，然后随意抽出一张开始表演，他们还要为此编造剧情。一天晚上，阿佳特请父亲观看他们的演出。这些年轻人能够从零开始编故事，确实具有表演天赋，父亲为之称奇、着迷，随之也变成了勤勉的观众。每到星期一晚上，金融才俊就变成了艺术爱好者，房贷被搁在了脑后。我不知道他去过剧场多少次，也不清楚他和阿佳特到底是什么关系，不过我觉得很快就发生了那桩"决定性事件"。在《浪漫主义和鸡奸》这出戏演到中间时，男演员屈膝跪倒在一个女孩儿面前说："你太美了，我宁可永远不再见到你。"父亲觉得不可思议，这是他的原话。这个男生怎么可能说出一模一样的话呢？演出结束后，他去找那个演员，问他台词的出处。

"有时候，即兴演出时，真的不知道台词是怎么冒出来的，到底是什么启发了表演灵感也不总是很清楚……"

"哦……"

"不过这句话我记得，是一个女友给我讲的趣事。一个男人在大街上走近她，说了这句话。"

"啊，这样啊?"父亲张口结舌。

"是的，她告诉我是一个有点怪的男人，心理有病的那种。但是我不同意她的看法。我觉得这句话棒极了。我和她说那个男人肯定也特棒。"

"谢谢……"

"谢什么?"

"哦，不，没什么。"

父亲问那个女友的长相。男孩的描述对应上了。父亲就是以这种神奇的方式找回了母亲。简直就是小说里的情节!过了一会儿，他鼓起勇气说(他做出了超人的努力对大家以"你"相称，因为阿佳特向他解释过，在不演戏的时候，大家彼此用"你"称呼):

"我知道你会觉得奇怪……可是我很希望你能把女孩儿介绍给我。"

"啊，为什么？"

"我在写一本书……不过……也不是书……也许是个集子……我搜集关于女孩儿被人搭讪的各种信息。我一直对这个问题很好奇……我请她们讲最美妙的故事……男生在大街上搭讪时说些什么……还有，接下来她们是否和陌生人喝了咖啡……"

"这样啊，这是个很棒的主题。"男演员饶有兴致地说道。与之相反，阿佳特对此吃惊不已：

"什么？你写作？你？"

"是的……有时候写……"

"什么？你？你写作？"她重重地重复着。

其实我父亲应该承认：他属于完全不可能从事文学事业的那一类人，就像人们无法骑着骆驼征服火星一样。然而，他方寸未乱：

"是的……我写作……怎么了？想成为银行家也想写作，据我所知，两者并不矛盾。"

"行了……别生气……我就是觉得有点怪，没别的。"

父亲对自己的泰然自若感到吃惊。他平时活得懒散懦弱，但是，只要一涉及我母亲，他就能够找到话语和理由去应对各种情况。他像个超级英雄，唯一的使命就是去征服这位陌生姑娘的芳心。他自信满满地回答了阿佳特，尤其是他想到了写书这个主意，这绝对可信。男演员把母亲的号码给了父亲，父亲打电话约母亲见面。

　　于是，我父母在一家咖啡馆又见面了。母亲一眼就认出了当时跟她搭讪的那个疯子。看到他在自己面前，听完他说为写书而采访的故事后，她现在更觉得他疯狂了。可是，就像负负得正，两种疯狂叠加在一起可能就产生了正向意义。故事变得如此离奇，母亲现在感到的不是担心而是惊奇。再说，她是在咖啡馆里，又能有什么事呢？其实，有一个因素不可忽略，那就是在她身上渐渐生出一种不可逆的自怜自爱之情，而任何一个心智正常的女人，在一个男人为了再见到她表现得如此费尽心机时都会萌生这种感觉。于是她开始认定这个故事是美丽的，此外，还有父亲执着的讲述，既笨拙又感人。他提到瞥见她走出教堂的那个时刻，提到他梦想着再次见到她的那些日日夜夜。为了让这份由她激发的激情更具备俄罗斯小说的风范，母亲问了一些细节，以及更多的细节。她接受了第二次约会，为了更好地了解这个年轻人，不过，这已经没那么重要了。无论如何，她游曳在最初的印象里：没有人曾对她如此渴望。体验到自己在别人的目光中是如此生动的存在，这样的感受可以受用终生。其实，父亲可以是随便一个人，做随便什么事，他（以狂轰滥炸的方式）在母亲身上唤醒了每个人都与生俱来的东西：希望被人疯狂地爱慕着。

　　岁月流逝。我不知道在我出生之前他们的生活是怎样的，但我知道他们过了很久才决定要孩子。之前他们享受生活，外出旅行。后来，我出生了。我记得自己成长在一个平静的家庭，甚至可以说超级宁静，生活带着些许的忧伤温柔地前行。我的感伤气质肯定源于此。现在，我离开了他们。现在，他们退休了。现在，生活在继续。

我一直观察着母亲身旁的圣女像，感觉那圣女也在观察我。我知道这很荒谬，但是那圣女好像真的在凝视我。她在询问我的人生，我的选择，反正我是这样觉得的。也许她就是母亲抑郁的缘由。这样凝视她，我也会变疯的。母亲还在向我微笑，依然有些呆呆的样子，与此同时，我在想着对她说什么更合适。话题太难找了，它们隐藏在内心深处，没有任何迹象指示我如何才能触及它们。我对母亲说她还那么年轻（这理由太初级，有点儿让人心酸）。接下来，我像个推销生活的可怜的销售代表，试着吹嘘她在以后的生活里还有各种可能性。

"妈妈，你可以写一本关于东正教的书，这个主题你这么熟悉。"

"谢谢，可我不想写书。"

"太遗憾了，听你讲的时候特别有意思。"

"谢谢你，亲爱的。"

"你想休息吗？要我离开吗？"

"不，和你在一起挺好的。你能来我很高兴。"

"我本来就在呀。你想什么时候打电话就什么时候打电话，我随叫随到。"

"你太好了。我知道你惦记你奶奶，她好吗?"

"她……挺好的……她问你好。"

我不知有没有传递出这次交流的母子情深。这是我第一次和母亲这样谈话。我们的话说得很慢，缓慢中有一种优美。好像每个字节都很可贵。我感觉出她的脆弱和不安，但是我真心希望这只是暂时的。现在，我们应该陪伴她，帮助她管理情绪。所以父亲没有告诉她祖母失踪的消息。对父亲来说，遇到这么大的事却不能告诉母亲一定很难，反过来，假如他能和祖母谈一谈母亲此刻经历的危机，也许能让他得到些许安慰。他的小船四处进水。

我轻抚了母亲的头发，感觉很安心。可是她却对我说:

"替我拥抱你太太。"

"谁太太?"

"当然是你太太呀。"

"可我还没有结婚呢，妈妈。"

"噢，别和我开玩笑了，现在可不是时候。再说，你可以让她也过来看看我。虽然我状态不太好，但是见到她我会很高兴的。她人那么好，你真是好福气。"

我从母亲的目光中看出她是非常认真的。她以为我结婚了，我感觉她甚至能描绘出婚礼的场景。我犹豫了片刻，没有立刻制止她胡言乱语，只是想知道在她的想象中我太太是什么样子的。假如这件事是真的，我会不会有一位特别漂亮的妻子，一个温柔可爱的女人，一个长发垂肩的瑞士女人。也许母亲扭曲自己的现实是为了让我对幸福的臆想显现出来。我一时的遐想遮掩了内心的不安。在这种情况下该说什么呢？接受母亲说的新现实，让她在疯狂中平静下来，还是尽力把她从神经错乱中拉回现实？我在两种可能性之间犹豫了一会儿，接着说道：

"是的，她很好。她问你好，祝你早日康复。"

"你娶她真是对了。"

"是的，我知道，妈妈。遇到她我很幸运……"

我告别了母亲。离开她的房间时，我在门口停留了片刻。我观察着她，她并不知道。她咕哝了几句话，我无法听清，像是一串哀歌。随后，她拿起圣像闭上了眼睛，把它紧紧地贴在心口处。

父亲一直在厨房，和之前的动作完全一样，见到我他立刻问道：

"怎么样？你觉得她怎么样？"

"我也不太清楚。她很安静……一开始脑子还清醒，但是后来她就开始说起我太太。"

"嗯……是的……医生说这很常见……开始胡言乱语……"

"医生还说什么了？"

"医生说这很常见，是刚刚退休时的强烈失落感，尤其对于教师，或者那些节奏特别规律的职业。"

"是吗？"

"是的，医生就是这么说的，这还多少让人放点心。"

"他说过这种状况会持续多久吗?"

"哦，要看情况……一般说来，不会太长。经过一两个月的治疗就会好转。但是有时候……可能持续更久……哎，我觉得确实无法预测。因人而异，所有精神问题都一样。"

还是坦白说出来简单。没有人真正经历过抑郁症。我觉得什么都有可能发生，当然，我还想到了更糟糕的情况。事情的后续发展令我吃惊，但是眼下我不知所措。父亲和我，我们都不知所措。他建议我再来一杯咖啡，我说好。他建议我再来一块饼干，我说可以。我们沉默了片刻，后来我说：

"我相信奶奶出走是有预谋的。"

"什么?"

"我甚至可以肯定。"

"你为什么这么说?"

"她一直没去理发店。好几个月以来，她把你给她的钱攒起来了。"

我给父亲讲了去理发店的事。这个信息证实了我们的预感，减轻了我们的焦虑。她一直活着，我们还是会担心她跌倒或者发生别的什么严重的事情，但是最初的可怕念头已经不复存在。即便如此，这件事也还是令人感觉别扭，祖母出走事先没告诉我们，对她来说我们成了陌生人。她完全是主动出逃的。这既令我害怕又令我着迷。是的，我觉得此刻我对她产生了某种敬佩。

32. 弗里德里希·尼采的回忆

尼采的生命在去世前十年就终止了。传记作家把一八八九年尼采在都灵神经错乱之后的阶段称为"崩溃阶段"。他陷入一种近乎植物的状态，经常出现严重的心理危机和对过去的幻觉与妄想，尤其涉及他与露·安德烈亚斯·莎乐美的激情过往。这个俄罗斯女郎曾经是尼采的挚爱，后来又成为里尔克的缪斯。这是一场令人无法忍受的爱情，正是因为无法忍受，尼采的妹妹才为了保护他赶走了莎乐美。因为承受不了这个打击，尼采开始大量服药。很多专家认为，这是导致他几年后最终精神失常的原因。由于陷入与莎乐美的情感纠葛不能自拔，特别是那段在意大利夏日漫游的经历，尼采向他的朋友弗朗茨·奥韦贝克描写了这段回忆带来的无尽痛苦："这个夏天羞愧和痛苦的回忆令我苦不堪言，如同一个疯子。我调动全部的心智来自我救赎，可是我已经在孤独中生活了太久，我过多地使用'自己的养分'滋养自己，避免被感情的车轮撕扯得四分五裂。"

33

尽管老板很善解人意，让我回家休息，我还是愿意回去工作。我想用具体的事情填满时间，也可能是想把自己累到筋疲力尽。晚上，当我再次来到酒店前台时，我体验到一种奇特的自在感。我觉得自己的位置就在这里。这不是一家特别迷人的酒店，工作也不那么令人兴奋，但是，这是几个月以来我一直守候的地方，它提供了长期以来我一直都在寻找的东西：某种形式的稳定。我觉得自己被框在里面，一旦拴在这里，就不会再出现偏移。

热拉尔在酒店。为了能够回答他的问题，我试着梳理了一下最近的一系列波折。不过他感觉到我不太想说话。他待在那里，坐在门厅，突然说道：

"也许我要卖掉另外两家酒店，只留下这一处，我要享受生活……"

"……"

"你觉得如何？"

我不知道怎么给他意见，我应该说这肯定是个好主意，人们不知道怎么回答时都这么说。他接着说：

"我不在的时候，可以把这家酒店留给你管理，你可以做合伙人。"

"……"

"你感兴趣吗？"

我感兴趣吗？他是这样问的吗？可是我怎么知道呢，我？最近发生的事情让我几乎忘记了我还有自己的生活。我对什么都没有切实的想法。我努力梳理了一下事情的来龙去脉。我当初之所以在酒店里找一份值夜班的工作，是因为写作的年轻人都这样生活。但结果并不令人满意，我连个中篇小说都没有写出来。不过，我觉得快了，素材积累得越来越多，像是预示着作品的诞生。我被酒店吸引是为了文学，绝不是为了从事酒店业。不过，老板这个提议却是个天赐良机。我不大可能指望未来靠写作养活自己，那能干什么呢？什么都干不了，我做不来什么。我解释说无法马上答复。他说一点都不急，只是有这么一个想法，让我再考虑。和他在一起，一切都那么简单。

接着他对我说起了自己的太太，他的第二任太太。第一任带着两个孩子去澳大利亚了。"女人离开不是问题，但我的情况是，她离开我是为了去世界的尽头！"他笑着说道。然而，分离应该是很可怕的。太太走了没什么，反正婚姻也不行了，但和孩子分开让人受不了。听老板说起妻儿，尤其是和我差不多大的儿子，我就更理解他和我相处时情同父子的关系了。当然，我这是有点儿简单地分析了他刚才对我的友善提议。"现代通讯简直不可思议。我和他们用 Skype 通话，不仅能听到声音，还能看到他们。可是如此一来，我都不太知道有多长时间没有当面看到过他们了……"他给我大讲特讲他的生活细节。起初，我没太明白他为什么乐意如此这般讲述自己的过去。其实他是想填补空白，不让我独自陷入焦虑。既然我不想谈论自己，好吧，他就谈论他自己。接下来，他继续讲第二任妻子的出现。他解释说他异常惊讶地发现这次恋爱就是第一次的重复，除了没有孩子，简直和第一任妻子一样。他们正经历一场深刻的危机（天啊！今天我周边简直没有任何人有好消息传来），但是他觉得已经战胜了危机。最近，他明白了很多事情，他明白了在自己老好人的外表下隐藏着一颗孤独的心，甚至是一颗自私的心。他无法回应别人对他的期待。他进行了治疗，精神分析师问他："在您看来，您为什么会投资酒店？做这个选择是不是下意识的？"这个问题使他不安。他承认逃离是自己生活的动力。就在最近，他觉得自己想踏实地生活了。卖掉酒店，这是用另一种方式告诉妻子："我在这里。"

这天晚上他不停地向我推销他的建议："我需要一个像你这样的人，一个严肃的人。我知道你还有梦想，我知道你是作家。看你的面相就知道你会写出好小说。若是需要赶进度，你可以随时休假。但是写作也需要具体的生活，我是这么理解的。不能闭门造车，不考虑时空。看看那些大艺术家的生活吧：他们也都受到某种限制。"照他这么说，只要接受他的长期工作合同，我就会变成詹姆斯·乔伊斯了。话虽这么说，我也知道他的话在很大程度上是有道理的。夜里工作，时间固定，这对我超级有好处。即使灵感没有进发，但至少能整理一下混乱的思路。在这一点上他是对的。但是随后，我在举棋不定中改变了注意。我认为每个大艺术家都是从朦胧、空虚、不稳定中诞生的。我愿意抛弃一切，无拘无束，在恣意的疯狂中找到词句。小说不会隐藏在固定的钟点里，这不可能。小说隐藏在不合常规、无拘无束之中，不受道德的约束，小说隐藏在不忠诚的故事之中。况且，我今后可能还会改变主意干别的。实际上，我对未来的道路一无所知，从来都没有人知道走哪条路能实现愿望。我只有困惑，也许灵感会由此而来，忽然柳暗花明。

　　逃离的话题难免又让我想起祖母的失踪。一想到这件事，我就难免心生困惑，总是需要用几秒钟定定神，才能确定失踪事件是真实发生的。有很多次我都试图设身处地去思考。在她这个年纪，假如我想逃离，我会去哪里呢？难以想象。猜测这个年纪的人的心思可太难了，尽管我总是与老年有非常近距离的接触。十六岁那年，我做了心脏手术，我所经历的只有老年人才会经历，我清楚地记得医生对我说话时的表情："你一定很老了。"我时常想起这句话，想起因器官老化带来的慢性疲劳①。但是手术在我身上也唤醒了特别的感知能力，使我能够观察耽于感官体验中的各色人等。如果说我还活着，还在写作，只是因为我的心脏逃离了我这个年纪。与老年近距离接触以及与祖母的亲密关系，并不能让我设身处地想到她会去哪里，我没有任何思路。我把这个问题抛给热拉尔，他的回答太漂亮了："假如我是她，我就躲进回

_____

① 我在此避免评价我的两个爱好所具有的老年化特征：浓汤和瑞士。

忆里。"是的，他就是这么说的，接着他补充道："我会去一个曾经让我幸福的地方。到了她这个年纪，我肯定会这么做的。"听他这么说，我受到了很大触动，他应该是对的。逃离只能是为了追寻美好的回忆。

34. 热拉尔的回忆

他这天到家比平时略晚，经过客厅时他看都没看，之后径直躺到自己的床上。他注意到妻子和孩子们不在家，但是也没有过多担心。他以为他们看电影或者吃饭去了，事先没告诉他，仅此而已。可是，时间已经过了十二点，如果热拉尔的意识里稍稍有点警觉，他就会立刻怀疑有什么不合逻辑的地方。可是他居然睡着了，直到半夜三更忽然惊醒时，他才在房子里寻找家人。一无所获。于是他来到厨房喝水。透过窗户，他注意到天色朦胧欲晓，这时他发现桌子上有一张纸条。因为人刚睡醒，晕头转向，他不能马上读出纸条上的字。过了一两秒钟，他终于分辨出"我们走了"。他把这几个字读了好几遍，依然难以置信，接着他的目光被纸条下方的小字吸引过去。他的太太，后来变成了他的前妻，在上面写道："到这个时辰你才注意到吗？"

35

放眼望去，我感觉周边都是有关失踪的各种消息。报纸上谈论的全是出走、落跑、神秘逃离的话题。这些都让我想到祖母，不知道是我变得自我中心了还是一直都是这样：一旦遇到意外，我们看待世界的目光就会被遮蔽。我在一张纸上写下祖母生活过的所有地方，我知道的关于她的所有小故事，以及所有她可能会想再见到的人。可是，这样一段一段地连在一起，加起来还占不到她生命的百分之十。对一个人我们能了解多少呢？少之又少。当一个人主动走失的时候，我们才意识到这一点。我经常听人说："真正的朋友，是你在深夜发现自己怀里抱着尸体还可以打电话的那个人。"虽然不明白为什么，但是我一直喜欢这个说法。

有的人花时间去想象万一中了彩票要做些什么，我总在琢磨当我需要摆脱掉一具尸体时会给谁打电话（因为我几乎不可能中彩票）。我捋了一遍朋友的清单，我很犹豫，也权衡了一番向人坦白的利弊。后来我意识到，选择远比想象中要复杂：喜欢一个朋友，就应该避免让他卷入既龌龊又有风险的事件。一件失踪案与这样的事情也差不多。设想万一我逃跑了，我觉得唯一能找到我的人，恰恰会是那个能帮我摆脱那具困扰我的尸体的朋友。为了继续我的调查，我试图想象祖母杀了人。但想来想去，最后我只好承认自己并不擅长推理。我属于会在迷宫中走神迷路的那种人。那么，最好还是从零开始思考。

快中午时，我出去买东西。我需要喝一杯咖啡，往咖啡里泡手指饼干。在一年中这个时段，阳光很奇怪，一切都变形了，让我对即将到来的冬天怀有某种期待。回家时，出于习惯，我随手取出信箱里的信件。一般说来，我的信箱里没什么东西。这一点和我的感情生活超级相似。然而，这一天，在一堆牛肉促销传单和开锁的小广告中间，我看到一张明信片，上面是埃菲尔铁塔。这太令人吃惊了。谁正好在巴黎休假呢？这证明我确实需要喝咖啡，因为我没有立刻明白这只能是祖母寄来的。我看了一会儿埃菲尔铁塔，即使在明信片上，铁塔也显得非常大。接着，我把明信片翻过来，立刻认出了我如此熟悉的细密潦草的字体。这是差不多三天以来头一次有了她活在世上的讯息。祖母写道：

一切都好，亲爱的。

千万别担心。

我出去转一小圈。

紧紧地拥抱你。奶奶。

在这些字旁边，她画了两个小太阳。我感觉自己读到的是一个乖孩子寄来的明信片。我马上打电话告诉了父亲。我觉得他在感到宽慰的同时也有一点失落：为什么不是写给他呢？当然，眼下这不重要。我们的猜想得到了证实，应该为之高兴。但是，消化了这个好消息之后，我们还是面临着同样的问题，那就是不知道她人究竟在哪里。她的行为纯属疯狂，她并没有意识到这么大年纪出走冒着多大的风险。

"明信片是从哪里寄的?"父亲问。

"嗯……巴黎，我看是。"

"哦，巴黎什么地方？看看邮戳。"

我没想到这一点。他能想到这一点，挺让人吃惊的。也许我们两个人之间比我想象得更互补?

"巴黎九区，圣拉撒路①邮局。"

"这就对了，她在圣拉撒路火车站坐了火车。"

"……"

"这里的火车开往诺曼底……勒阿弗尔……"

"她出生的地方……"我叹道。

我们都沉默了一下，以此表明我们承认只有一种解决方案。最后，父亲说:

"我去不了，我得待在你母亲身边。"

---

① 原文 Saint Lazare，又译"圣拉扎尔"。——译注

"是的，肯定……"

"我去不了。"

"别担心，我过去，我去。"

他走不开，也没必要对我重复。不过，这肯定是他说服自己的方式，以此告诉自己这个决定是正确的。伯父们也许能去，可能吧，但是他们需要时间安排一下。而我们没有时间可以耽误。一挂断电话，我就收拾了几件东西。这是一条线索，也许是一条可笑的线索，但是得设法追踪它。我给老板打了电话，告诉他我要出门。当然，他对我说走多久都行。我回忆起他说过要躲进回忆里的话，他也许是对的，我现在几乎可以确信祖母回到了她童年生活过的地方。故事的进展突然加速了。

36. 圣拉撒路的回忆

拉撒路死而复活的故事广为人知。他的两个姐姐，马大和马利亚见到耶稣时留下无尽的泪水。马大说："主啊，你若早在这里，我兄弟必不会死！"耶稣答道："你兄弟必然复活。复活在我，生命也在我。信我的人，虽然死了，也必复活。凡活着信我的人，必永远不死。"于是，在死去四天之后，拉撒路得以复活，并因此传为神迹。作为第一个死而复活的人，拉撒路总是被问到关于死亡的问题："那么，死亡以后会发生什么?"他总是简单回答："不知道。我对自己的死亡没有任何回忆。"

37

我回家开了母亲的车，此刻正行驶在十三号高速公路上，勒阿弗尔方向。沿着这条公路猛开下去让我觉得既刺激又浪漫，也许是因为克洛德·勒卢什的电影《一个男人和一个女人》。当然，我不是去和黑白电影里的某个女主角重逢，而是去找我的祖母。二者之间的感受是完全不同的。开出去头几公里的时候，我确信方向是对的，线路再正确不过。随着路边的风景一一掠过，我的信心在逐渐飘散。也许祖母故意在圣拉撒路站附近寄出明信片，为的是要让我们误入歧途？她比任何人都了解我父亲，肯定会预料到他的反应。一想到父亲那么快就推断出祖母可能去了诺曼底，反倒让我心生疑惑。如此显而易见，不可能是真的，事情越明显就越值得怀疑。不过，我们也想不出她还能去哪里。也许这条路不靠谱，但这是我们唯一能走下去的路。

迄今为止，我一直讨厌开车。我考了驾照，是因为既然大家都考，我也乖乖地随大流。交规课还算有趣，设置的情形都不可能发生。一开始我就知道，我属于不会撞到鹿的那类人。然而，今天开着开着我就有了新的想法。我在一个服务区停下来，终于了解到这个与地理环境无关的避难所的魅力所在。在此之前，我一直觉得服务区只是一处便利场所，能加油、喝咖啡、上厕所。我从来没有注意到这种地方还隐藏着莫名的诗意。我愿意花点时间，买各种没用的东西，在巧克力棒和促销的过期报纸货架中间逛逛。这一天，本来看上去糟糕的情形接连发生了变化，让我体验到某种莫明的飘飘然的感觉。一路上我感觉挺好，在服务区我也感觉挺好，轿车本身也忽然变成所有伟大冒险的理想布景。生平第一次，我理解了那些喜欢刺激冒险的人。

勒阿弗尔快到了，我朝埃特达方向驶去，好像目标在逐渐缩小。很快我得走一条小路去往目的地，因为我知道祖母童年的房子不在市区，而是在当地一个村子里，具体位置不清楚。看到一块指向"市中心"的牌子，我觉得当然要跟着牌子走，应该从中心开始寻找。这个方向几乎没有车。现在正好是中午，今天正好是一个星期的中间，同时也是十月的中旬。我身处不知何来何往的中间点，身前身后没有任何参照。

我来到游客服务中心，一位女士给了我一张周边的地图。看着各个小镇的名字，我的目光落到了"圣址"这个镇名上。住在这个小镇肯定很惬意，它的名字太美了。这位工作人员很高兴终于有人来访，她还给了我一个详细介绍每家酒店服务的小册子。

这一点我还真没想到，我确实需要找一家酒店过夜。我热情地对她表示了感谢，随后在一张凳子上坐下来研究这些资料，我用了不到一分钟就看完了。站起来以后，因为没什么头绪，我愣了几秒钟。去哪里呢？我回过头看向游客服务中心。那位工作人员正透过玻璃看着我，肯定是对我的举动感到好奇。我们相互尴尬地笑了笑，我呢，是因为不知道做什么，而她呢，可能是因为无事可做。就在这时，一种直觉向我袭来。毕竟，我在做调查，应该尽可能多地找人问问，采集信息。我一直带着祖母的照片，给她看看又不花钱。常言道："不尝试则无收获。"受到这个俗语的启发，我又回去找她。我们再次彼此微笑了一下，这次眼里有一点点心照不宣，像老熟人一样。

"哦……是这样，情况有点特殊……打扰您一下……我在寻找我祖母……"

"……"

"喏……这是她的照片……会不会……"

她拿起寻人启事，紧接着说道：

"哦，是的，她昨天来找过我。她人很好。"

"什么?!"

"什么什么?"

"您见过她?"

"我刚告诉您我见过她呀。我半天在这儿上班，半天在市政府。她想知道我们是否还保存着她小学的档案。她一九三〇年代在这里生活，对吧? 是她吧?"

"哦……是的……那么，她告诉您她住在哪里了吗?"

"悬崖酒店，您把地图给我，我给您指一下。"

我走了出来，简直目瞪口呆。我的调查刚刚开始了不到五分钟，就锁定祖母的位置了。不会这么简单，不可能。没有人能这样轻而易举解开谜团。这样就一点儿意思都没有了。必须得发生点什么，来个节外生枝，或者出点儿问题。我还没过瘾呢，甚至感到有些失落。我之前想的是需要调查，侦察，跟踪可疑人物，有点像当代英雄那样。可是现在，刚问完第一个问题调查就结束了。也许是我这个人太有天分了吧。

我回到车上，开了一百米左右，把车子停在了酒店前。小楼略显简朴，但是很温馨，离悬崖五十来米。前台的一位先生问我有什么事。

"我来看我祖母。"

"她在餐厅里。"

他就是这么回答我的，就好像这是显而易见的。不过现在是超级淡季，她又是在这个时间唯一还待在餐厅的人。我还是没缓过神来：我只问了两个问题就找到了她。我悄悄地朝餐厅走去。木柴在劈啪作响。尽管天还不太冷，能想到点上壁炉还是很有品位的，有点英式客厅的氛围。一尊硕大的座钟每一秒都在有力地响着，仿佛在为时间这个永恒的事业骄傲地工作。这里只有一个人，我祖母。她面窗而坐，看不到我，她在喝茶。尽管我为调查过于容易而略感失落，可是看到她我还是特别高兴，可以说大喜过望。一股巨大的幸福感袭来，面对生活有时候呈现的不可思议的高光时刻，我心花怒放。这是充满诗情画意的时刻。我走向她，轻轻地。我有点担心她的反应：她会高兴再见到我吗？

38. 克洛德·勒卢什的回忆

《一个男人和一个女人》的导演克洛德·勒卢什经常讲到他狼狈不堪的事业起点。他的第一部电影《人的本性》是一场灾难。首映时，观众打呼哨，嘘声不断。作为出资人，他的父亲见证了这场集体迫害，几天后就去世了。他走了，并不知道仅仅过了几年，他的儿子年纪轻轻就成绩斐然，获得了戛纳电影节金棕榈奖。对于一个儿子来说，想到父亲是在目睹了自己职业生涯最糟糕的情形之后去世的，这非常可怕。克洛德·勒卢什说他曾经想到自杀。更糟糕的是，这部电影因为《电影手册》的激烈批评而广为人知："克洛德·勒卢什，请记住这个名字，因为今后再也不会有人谈到他了！"为了不再记住一个人而记住他，在我看来，这是一种罕见的反向记忆。

39

是的，祖母很高兴。她把我揽在怀里，低声说："太棒了。"显然，她没有注意到事情的严重性。她好似一个和我玩捉迷藏的小姑娘，在我找到她的时候祝贺我一番。她对我微笑着，既充满魅力又不无狡黠。她的面容不同从前，出走让她至少年轻了十岁。过了一会儿，我还是告诉她我们都急坏了。"假如事先告诉你们，是不会有人让我走的。"她回答。在这一点上，她说得没错。

"至少我可以陪你来呀。总比这样玩失踪、杳无音信好吧。"

"我想一个人干点什么……你理解吗？我受不了什么决定都由别人做，我想自己做主。"

"你已经做主了，这是肯定的。在我看来，你筹划很久了……"

"我想告诉你来着，只告诉你一个人。但是我知道，你父亲一露出惊慌失措的样子，你肯定守不住秘密。"

"这倒是真的，我不行。这我做不到。"

"你要给他打电话吗?"

"当然，我得让大家都放心。"

"好的，让他们放心。但是，我要在这里再待几天。我还有事情要做。这肯定是我最后一次看到这里的一切了，所以别着急……拜托了。"

平时她的神态总是轻松自在的，每逢忽然间变得严肃，我总是很吃惊。此刻，她的确非常严肃。这是一个女人生命最后的时日了。我打电话给父亲，让他放下心来。他重复了好几遍："哦，真不可思议，你已经找到她了……哦，真不可思议……"我感觉他在梦想着可以用如此庄重又简单的方式把生活里的所有问题都一并解决掉。他没完没了地重复着这句话，也表明他对我母亲的情况无所适从。我母亲的事情可就没有那么容易了。他可以随便开一辆车，跑遍所有的高速公路，但是他知道没有任何道路通向他妻子。疯狂在逐渐蚕食大地，我们却无法锁定我母亲的方位:她在别处。

故事中的故事

因为情况特殊，我们的谈话也不同寻常。晚餐时，祖母对我讲述了她的童年，谈到了很多很多的细节。这是她第一次这样讲起自己的过去。在曾经生活过的地方，回忆浮出水面。以前她总是讲着讲着就因为不好意思而停下来，但是这天晚上没有。我知道当初被迫离开学校对她意味着什么，但是我不太清楚在这之后的几年里发生的事情，以及她是如何遇见我祖父的。现在，我可以把家庭小说的线索串联起来了。一九二九年，美国爆发经济危机，几个月后危机波及欧洲，祖母一家人被迫背井离乡。他们走过一座又一座城市，在当地售卖五金制品。很多手艺人也不得不放弃店铺，他们聚集到一起做市场、赶集。这有点像马戏团那种波希米亚式的生活，不过和马戏团有所不同的是，我的曾外祖父兜售小五金而不是扮演小丑。开始的日子很艰难，他们有时不得不靠喝救济粥度日，渐渐地，开始有了起色。祖母帮助打理家里的生意，逐渐忘记了自己还是小姑娘的时光。父亲每个月给她买一本书，她读了一遍又一遍，直到下一个月到来。在他们的流动售货车里，她经常和自己玩游戏，她想象自己在一间教室里，一会儿是老师，在布置作业或者惩罚不听话的学生；一会儿是学生，乖乖地执行想象中的老师发出的命令。她的儿时岁月就这样在游戏中继续下去。我非常喜欢儿童用臆想保护自己免除不幸的能力。长大后，人们就不太会很好地保护自己了，因为处处都是不如意。

情况慢慢地好转。一九三〇年代甚至出现了一个欣欣向荣的阶段，当时推出了最早的带薪假。法国人享受着闲暇时光，他们惊讶地发现，除了工作，生活中还有其他东西。事实上，在一个国家的历史中，危机时期和无忧时期交替存在，无忧过后肯定会产生危机。把快乐的形象出售给法国人，这几乎就是大众营销的诞生，但它掩饰了背后一股可怕政治力量的崛起。我的曾外祖父辛苦地工作，但是星期天他也花时间打牌、吸烟斗。他当时还不知道这种安逸的日子不多了。很快，他就像傻瓜一样，躺到了世界上最愚蠢的战壕后面。马奇诺防线是松懈麻痹的一九三〇年代的象征。至今还有法国人奇怪德军是怎么绕过这条防线的，他们忘了，防线也是有终点的。

　　小姑娘好几个月没有父亲的消息了。晚上她和母亲一起听广播，探听消息，但是大家对战俘的下落都一无所知。如果他在战斗中牺牲了，她们是会得到消息的。她们把家搬到了巴黎，天堂街。是的，有这样的街名还生活在惊恐和焦虑之中，那可是编排不来的。房间不大，有一个特别小的阳台，从那里能看到德国兵，他们人越来越多，占领了首都。邻居们和街上遇到的巴黎人吃惊地发现生活没有什么大改变。德国人都彬彬有礼，甚至和蔼可亲。"合作"时期开始了，这个词也没什么好大惊小怪的。有人毫不犹豫地说这场战争有好处，让我们不用付什么代价就铲除了所有寄生虫和其他外国佬。"是的，可以这么说，小胡子的独裁也有好的一面。"

　　虽然表面风平浪静，打听战俘的消息仍然很难。维希政府和占领者达成了友好协议，承诺尽快列出被俘在押的法国士兵名单。在伤兵、阵亡战士和逃兵这众多人中间，找到一个失踪的人没那么容易。官僚机构的动作太缓慢了。第一批名单到达时，根本找不到他的名字。每个人都把责任归咎于混乱不堪的局面。九月初，一位军士同意接待我的曾外祖母："听我说，您先生可能失踪了。"怎么回事，失踪了？她大发雷霆，他没有权利这样说话。她宁可听到发生了一桩惨剧，而不是这个。这种含糊其辞令她发疯。军士好像被这位神经紧张失魂落魄的女士弄得很恼火，他补充道："也许他开小差了，藏在什么地方了……或许是这个原因……"这话更让人听不下去，曾外祖母知道自己的丈夫不会开小差，他是会战斗到底的那一类人。作为归化的法国人，他对法兰西有崇高的爱，愿意为国家去牺牲。再说，即使跑掉，他也会写点什么，传个信儿，不管用什么形式吧，好让家里人放心。失踪逃跑的说法完全解释不通。

一九四〇年十月二十八日（祖母清清楚楚地记得这个日子，

那是如释重负的一天），母女俩终于得到了消息。他面部受伤，在图勒军区医院①救治。在地图上查好地点后，她们奔东边出发了。旅途漫长危险，吉凶未卜，她们思索着"面部受伤"的表述。除了这个她们什么都不知道。好消息于是很快变成了焦虑。这是不是"破相"的委婉说法呢？曾外祖母经历过第一次世界大战中人肉模糊的创伤。她的梦里经常出现破相的面孔、没有嘴或眼睛的脸。如果强调"面部受伤"，可能意味着很严重，甚至特别严重。假如只是擦伤，或者牙碎了，肯定什么都不会注明的，而且，曾外祖父自己就会告诉她们消息的。在几天一路向东的旅途中，母女俩因为详情未知而饱受折磨。夜里，父亲受伤的面孔出现在祖母的梦境中，脸上总是缺一块。她心想，父亲不再是从前的那个男人了。战争爆发前，父亲很英俊，从当时的照片上很容易想象他的魅力。他留着飞行员的小胡子，两个小酒窝让方脸

---

① 我打听过这家医院，也有点想过去看看。医院的名字叫伽马，以纪念外科军医让·皮埃尔·伽马（1772—1861）。一九五〇年代，医院变成军队护士学校。大约十五年之后又改为军用仓库。一九八二年以后，建筑不复使用，应该很快就被夷为平地。这个地方现在已经什么都不是了。

堂变得柔和。他的面孔充满力量，与目光中的温柔交织在一起。看到这些照片时，我感觉他和我的祖父长得很像。

　　她们找到他时，他正躺在一张床上。头上缠着绷带，一只眼睛也被包扎着，看着很让人揪心。随着目光朝下看，又发现了一处伤情：他的两条腿都打着石膏。所以，他不仅仅是面部受伤，而是面目全非。母女俩开始哭泣，尤其让她们难过的是他在这里孤独地度过了好几个星期，没有人来看他，没有人来握住他的手。这比残酷的伤情还要残酷。他的另一只眼睛睁着，但似乎黯淡无光。然而，他并未失明。受伤的男人看着自己的妻子，随后看向自己的女儿，可是，看过之后他似乎没有任何反应。她们惊慌失措，想找一位医生谈谈，希望能得到些安慰，随便他们说些什么，只是不要告诉她们实情。可是没有医生闲着，他们太忙了，像一阵风一样走来走去。整个大厅里都是伤员。这里与其说是医院，不如说更像太平间的停尸台。她们待在这个已经认不出她们的男人身旁一动不动，两个人各握住他的一只手。夜幕来临，她们得走了。他没有动弹过，也不曾开口，没有任何迹象表明他还活着。两个女人惶恐不安，来到离医院不远的酒店住下来。大厅里德国人在笑着。祖母走向他们，朝地上吐了口痰。这个下意识的举动会为她惹来杀身之祸的。但是，士兵们肯定是喝高了，反而笑得更欢了。一进到房间，曾外祖母就怒不可遏地抽了自己的女儿一记耳光，两人一整夜都没说话。第二天医院一开门，她们就匆忙跑进去。他没在自己的床上，他不在那里，他夜里死了。结束了。他拼足了浑身的气力让自己活着，等着最后一次见到妻子和女儿。是的，只能是这样，这是他最后的战斗。见到了自己心爱的人之后，他终于放下了武器。

有一些刺激会让人欲哭无泪，这个刺激如此强烈，让她们哭不出来。她们回到他的床边，收拾遗物。几乎没什么东西。一封妻子写给他的信，一缕女儿的头发，还有一个他特别喜欢一直不肯卖掉的小红盒子。那是个八音盒，但是已经没有音乐了，三分之二的音符都掉了。我想他喜欢那个盒子就像一个孩子喜欢自己捡到的受伤的小动物，这是一个没有音乐的八音盒。他就剩下这几样东西，别无他物。一个清洁工在用漂白剂打扫房间，她让她们往边上挪开一会儿。她们像机器人一样机械地挪动，似乎拒绝进入自己新的躯体，拒绝进入新的角色：寡妇和失怙的女孩儿。她们不想承认眼中见到的事实，唯有如此才能克服这无法承受的压力。就在此时此刻，一个伤员说道：

"他是一个了不起的人。"

"……"

"我和他在一个战场。对所有年轻人来说，他就像一位父亲，让我们感到宽慰。"

"你当时和他在一起？"

"是的。我们同时受伤了。真是不堪回首，因为我们什么都做不了，他们进攻的时候，我们既没有武器，也没有准备。炸弹从四面八方飞过来。"

我还原了这段祖母烂熟于心的对话。是的，烂熟于心，道理很简单，因为这个说话的人就是我祖父。祖父和祖母就这样认识了。遇见遇难战友／朋友的家人，年轻人很激动。他想说话，关在这里好几个星期了，他需要释放。他热情似火，眼中泛着光芒，尽管人还躺在床上。炮弹爆炸的弹片还灼伤着他的脾脏，很疼，可他还是尽量安慰母女俩。他尽量让自己未来的妻子微笑。她还年轻，很伤心，伤心欲绝，也许是这一点触动了他。

母女俩守在无依无靠的年轻人身边，照顾起他来。后来，他痊愈之后，三个人一起回到了巴黎，住在天堂街。眼见两个年轻人日久生情，曾外祖母把卧室让给了他们（但是有一个条件，两个人必须结婚。几个月之后，他们在巴黎十区区政府空荡荡的大厅里登记结婚，在凄凉的沉默中，两个人互相亲吻。不过，他们的结合仿佛在以生命相托，因为他们是在患难中相识相恋的）。一九四一年过去了，一九四二年过去了，一九四三年也过去了。时光在兵连祸结中慢慢流逝。楼里有一户犹太人，守门女人把他们举报了。祖父抽了她一记耳光，守门人目瞪口呆，觉得自己很无辜，不明白做错了什么。大部分时间里，祖母都守在家里等待祖父回家。祖父在咖啡馆里找了份侍应生的工作，他听得出每个人谈话的弦外音。他给彬彬有礼的德国人端茶倒水，他们身边总是有趁机投靠的年轻妓女陪伴，到了战后锄奸的时候，她们的头发都被剃光了。他也给男人不在身边的女士送上法式便餐。他观察着各种伎俩和手段，这里有斤斤计较，有勇敢无畏，还有平庸懦弱。回家时他嘴角现出微笑，仿佛战争就是一场游戏。他很乐观，知道战争即将结束。他是对的，巴黎解放了。"那喜悦无法描述。"祖母说。既然如此，那我就不试图去描述了。

经历了几个月的混乱，占领期间那些卖身投靠的大小头目像老鼠一样东躲西藏，随后城市恢复了秩序。祖父受到了表彰。祖母参加了表彰仪式，祖父被誉为"伟大的抵抗战士"，这令她目瞪口呆。这本是一件光荣的事，但通过这种方式获悉自己的丈夫参加了抵抗运动，她很不开心。战争期间她一无所知。更为糟糕的是，她从来没有怀疑过什么。有时候他回家很晚，不知道干什么去了，祖母曾伤心地想他可能去约会了别的女人，但是她一次也不曾想到抵抗运动。她觉得自己很愚蠢，问道："为什么不告诉我？为什么不和我一起分担？"祖父回答说不想让她陷入危险境地，这和是否彼此信任没有任何关系。祖父有种超凡的能力，总是能找到最恰当的表达方式。有例为证：就在祖母噘着嘴怒火中烧时，他说道：

"其实你是知道的。"

"知道什么？你是抵抗战士？不，我并不知道。"

"你知道，你当然知道了，和你在一起生活必须是个抵抗战士。"

祖母于是一扫阴霾破涕而笑。他拥抱她，亲吻她，他品尝出未来生活的味道。他们生了三个孩子，其中之一是我父亲，我父亲又有了我。生活在继续，直到那块小肥皂夺去了他的生命。

酒店里几乎是空的，我没费什么周折就住进祖母房间边上的客房。我们上楼时应该刚过半夜十二点。一躺下来，我就开始回想她的讲述，同时也回想她给我看过的资料：小学同学名单。这个名单让她把过去同学的面孔挨个过了一遍。名单让她回忆起那些脸蛋，她念叨着：热尔曼·理查、巴蒂斯特·阿穆尔、查理·杜克曼、爱丽丝·查杜基、波莱特·勒南、伊薇特·卢迪欧、路易斯·肖尔、保罗·安德烈、让-米歇尔·索弗尔、爱迪特·迪比奥、马赛丽·莫迪维、勒妮·杜肖索瓦。她能够把每个人都描述一番。这些名字就像一条隧道，只要提到他们，就能把祖母带回童年。她对我说起每个人的性格，有时候还提到他们家里的事。接着，她再一次提到迫不得已离开同学时感受到的那份痛楚。我理解这种永远无法愈合的伤痛。随后的整个一生里，她都与这些名字相伴，仿佛他们不曾走向未来的人生道路。他们后来都怎样了？他们还活着吗？市政府的那位女士，就是我在游客服务中心见到的那一位，她对祖母说，名单上曾经在镇子里的人当中，只有一位现在还生活在本地：爱丽丝·查杜基，她一辈子都生活在埃特达。她在一张纸上写下了地址。我们决定第二天去看望爱丽丝。看到七十年后祖母空降在面前，她会有什么反应呢？

　　当然，时间差距还是次要的，一躺到床上，我就开始回想我自己小学三年级的同学。我记得有一次和同班的小伙伴谈论长大以后做什么：我们决定未来一起在一间大公寓里生活。客厅里要有弹球机和台式足球机。这一切都是那么真实。我有些不明白我们为什么没有把这个梦想付诸实现，这个梦想和童年编织的其他许多梦想一样，都随风飘逝了。我还记得说过的话，但是小伙伴们的面孔已经模糊不清了。有时候，我看着班上同学的照片，大家乖乖地坐着，对未来满怀憧憬，但这些画面没有味道，没有气味，它们是冰冷的，对我没有什么触动。这些小伙伴后来怎么样了？此时此刻，在我想念他们的时候，他们都在哪里呢？借助今天的通信手段，我可以轻松地找到他们。但这会对执着于重构回忆的美感造成某种破坏。塞丽雅·布埃和塞西尔·布雷舍过得如何？还有茱莉亚·斯沃布达呢？这个消失的神话中的所有人后来都怎样了？我可以想象理查·罗斯成了体育老师，西尔薇·巴郎成为了影视服装设计师。我可以想象他们在第戎或纽约。我可以天马行空任想象驰骋。

酒店里寂静无声，对于我这样对声音极度敏感的人来说，这是理想的睡眠条件。但我却无法入眠。尤其是因为我还有身体时差，平常这个时间我正在守夜。因为走得匆忙，我没想着带本书（这种情况很少见，平时我身上总是带着读物，哪怕只是两站地铁的距离）。房间里除了火灾疏散说明，就没有什么可读的东西了。总不至于为了提起阅读火灾疏散说明的兴致而放火点燃我睡的床垫吧。最后，为了尝试入眠，我决定逐一观察房间里的装饰。装饰令人印象深刻，特点是把错误的品位进行叠加，尽管很简陋。用三件物品破坏一处空间，这也是一种艺术形式！只差一幅奶牛画的复制品了。不管怎样，这幅展示上个世纪初一间鸡舍的小幅油画还是多余了。这幅画令人印象深刻，粗制滥造得无以复加。我大概用了整整一个小时盯着这幅画，以至于现在还能在脑海中重现每一个细节，画一直在那里，在我眼前。也许这是它的美丽所在。母鸡流芳百世，还是非同寻常的。

40. 爱丽丝·查杜基的回忆

三十岁那年，爱丽丝去巴黎游玩。乘坐地铁时，为了让自己像个巴黎女人，她站着阅读。

与此同时，一个年轻人正飞快地骑着自行车，急着要赶赴一个重要的工作约会。在大街上飞奔时，车链子忽然掉了。他心急如焚，担心迟到，焦躁不安地试着把链子安上。但是根本没用，就是安不上。他满手油污，简直一塌糊涂。这时他瞧见了地铁入口，于是快速冲了过去。这是保证不迟到的唯一办法了。下楼梯时，他看到地铁正停靠在站台上，于是三步并作两步跑下台阶，在关门的最后一刹那冲进了车厢。

他撞到了一位年轻女士，女士手中的书滑落到地上。他道着歉弯腰捡起了书，把书还给女士的时候，他发现自己把书弄脏了："对不起，很抱歉……我的手很脏。"爱丽丝冲他绽放出微笑，这本书的名字恰巧就是《肮脏的手》。场面如此滑稽离奇，他也禁不住笑了起来。爱丽丝，和所有那些有头脑、名叫爱丽丝的女孩子一样，机智地回答："幸好我读的不是《鼠疫》。"

41

那天夜里我醒了很多次。我想到了我的家族史，过去和现在重叠混杂，不同时代相互碰撞交织，形成了超越时间的奇怪组合。我无法确定自己的年龄。总之，我很喜欢这个一切都似是而非的夜晚。现实在偏移，我听到电话铃响，寻思着肯定是出了大事，也许父亲打电话要告诉我一个坏消息。可是，拿起电话，我才发现没有任何人打过电话。我在虚构、在梦想、在写作。迷失在这个与现实相去甚远的夜晚中，唯一令我不解的怪事是，为什么没有一个女人在我的梦里出没。我难过地发现，自己无比渴望的异性在令人悲伤地远去，甚至都不来入梦。我尚不知生命中最重要的女人总是不期而至，也不知道情色的荒漠预示着艳遇的降临。我等待黎明，觉得自己拥有的唯一真实就是，无论如何，早晨都将到来。

祖母和我在早餐时碰头。我们像一对小夫妻，每个人有自己的习惯：她喝茶，我喝咖啡。背景音乐模糊不清，一种介乎芭芭拉和阿巴乐队之间的旋律。我喝了好几杯咖啡才清醒过来。

"这早餐，很棒。"祖母对我说。

"是吗？你这样觉得？"

我相信那天早上她觉得什么都特别棒。生命中最美妙的时刻，就是完全不在乎吃什么的时候。坦率地讲，面包有种再生的味道。我一边勉强吞咽，一边体会她的好心情。我们决定去看望大名鼎鼎的爱丽丝，那个三年级同班、唯一还在本地的同学。我建议先打个电话，但是祖母更愿意来个随性而至，索性把惊喜制造到底。外面天气不错，是夏天不肯谢幕，还是秋天无法登场？不管怎样，我对季节交替一无所知。

路不太远，我提议开车去，但是祖母更愿意步行。我们沿着悬崖前行。突然，眼前的场景让我们惊呆了，没法不驻足呆立。地面直直地垂落到大海里，让人害怕。这个世界末日般的场景诱发过很多起自杀。居然有人面朝大海、面对如此壮观的人间美景想到自杀，明明这里的景致是要人继续活下去的。我们呆立了很久，默不作声，被眼前的浩瀚奇观所感动。

　　我敲敲门，一个五十来岁的女人打开了门。她是爱丽丝的女儿，每天上午来陪伴母亲，我们对她说明了我们是谁，她简直不敢相信：

　　"不可思议，您说的事……这么说，您以前和我母亲……同班？"

　　"是的。"

　　"哦……哦……哦，太遗憾了。"

　　"太遗憾了？遗憾什么？"

　　"我母亲记忆有问题……其实，这是委婉的说法，她的脑子完全糊涂了。"

"真不好意思。"我说道，以此缓解略显尴尬的气氛。

"她患了阿尔茨海默病，这病大家总在议论，都觉得自己明白是怎么回事，不过我告诉你们，只要你自己的母亲没有像一个完全陌生的人一样看着你，你就不了解这破病。"

要怎么回答呢？我们登门造访的轻松心境被破坏掉了。五十来岁的女人继续说："她谁都认不出了，今天她把我当成清洁工，明天把我当成她母亲。"那我们呢，她会把我们当成谁呢？去她的房间时，我们穿过了一个无穷无尽的走廊，仿佛象征着两个世界相距如何遥远。女人开门之前轻轻敲了敲。我们看到爱丽丝坐在一面大镜子前，正在梳理头发。这一幕很奇特，镜子四周都是灯，好像舞蹈演员的化妆间。她在镜子里看到我们，转过身来，什么都没说。

"妈妈，有人来看你，是你小学的同学。"

时间停顿了片刻。爱丽丝观察着我祖母，似乎一切皆有可能。任何话，任何想法，任何疯狂。她站起来，走向自己童年的朋友。她走得很近，真的很近，我都能感受到祖母的心脏在剧烈地跳动。这一戏剧时刻让我们不知所措。我局促不安，应该是低声说了句"夫人您好"，但没人听得到。我说了什么此时没有意义。爱丽丝把一只手放在我祖母脸上，过了一会儿，说道：

"是的，我想起来了。"

"……"

"我记得你。"

"真的吗，妈妈？你记得她和你在同一所学校？"

"和我？不，她和你在同一所学校。我记得她是你最好的朋友。"

"不，妈妈，是和你。"

"我们当时三年级，你坐在我后面。（祖母转过身，拢起了头发）你认不出我的脖子吗？"

老妇人观察着祖母的脖子，随后笑了起来，这个女人是谁她根本想不起来。我觉得此刻对祖母实在不公平,她不顾风险离开养老院,就是为了找回自己的童年,可是过去留给她的只是一个坠入混沌世界的失忆老妇人。

过了几秒钟,爱丽丝说道:"欢迎来我家。也许我们可以喝一杯香槟?"她的女儿肯定已经适应了母亲的癔症,说道:

"对呀,好主意,我去拿香槟。"

她去了厨房。我们三人留在房间里。爱丽丝坐回到椅子里,祖母在她旁边的床边上坐下来。她们对视了几秒钟,互相礼貌地微笑着。接着,爱丽丝又开始梳理头发。母亲试着说道:

"你真的不记得了吗?卢蓉小姐教的那个班,有爱迪特,让-米歇尔……你不记得让-米歇尔吗?他当时喜欢你……真的,疯狂至极……他给你写诗,你拿来让我们读……诗写得很差,我们为此哈哈大笑……"

这时爱丽丝转过身,盯着祖母看了好一会儿,说道:"喝点儿香槟挺好的。"

简直没救了。我走近祖母，对她说我很难过。我真切地感受到这次会面让她心理失去了平衡。她低声说："也许你觉得我疯了，但是她真的没变。的确不可思议，我认得出她的眼睛。"这句话说完，她的声音有些哽咽。接着她开始流泪，忽然就哭了起来，发出短促但强烈的啜泣。爱丽丝的女儿回到房间，看到祖母在流泪。她停在门口一动不动，不知所措。她站在那里，既让人感动又有点可笑，她端着托盘，上面放着一瓶香槟和四只香槟酒杯。

42. 爱罗斯·阿尔茨海默的回忆

阿尔茨海默是一位出色的精神科医生，但是当时他并不知道后来的医学发现会用自己的名字命名。事情从一个打扰了他工作的女人开始。女人名叫奥古斯塔·D.。一九〇一年十一月二十五日，她被法兰克福医院收治入院。那年阿尔茨海默三十七岁，他决定对病情进行跟踪，病人表现为认知能力逐渐退化。他当时并没有想到这个病人将成为自己的经典病案，就像艺术家的缪斯女神一样。他几乎每天都记录奥古斯塔的病情进展、幻觉和缺乏条理的行为举止，他坐在她身边提问：

"您的名字？"

"奥古斯塔。"

"您贵姓？"

"奥古斯塔。"

"您丈夫的名字？"

"奥古斯塔。"

对于每一个问题，她都用自己的名字来回答。

正当为这个病人烦恼的时候，阿尔茨海默忽然记起自己小时候的邻居也叫奥古斯塔。他深爱这个经常照看他、给他做点心、特别宠爱他的女人。这个女人自己不能生育。后来，她不得不跟随丈夫搬去了汉堡。她来和阿尔茨海默道别，长时间地亲吻他的额头，对他说："希望你不会忘记我。"女人的离开令他心神不宁，但是，几个月过后，他就把她忘记得一干二净了。三十年后，面对这个什么都记不起来的奥古斯塔，面对这个使世人记住阿尔茨海默这个名字的奥古斯塔，他又想起了儿时的奥古斯塔，心中暗想："生命中每个重要的人都会在未来让人再次念起。"

43

这次我们避开了悬崖的那段路。之前，祖母对可能发生的事情并没有清晰的想法。她只是想踏上怀旧之路，感受这份昔日的美丽，可是此时她却遭遇了现实的残酷。我们永远不知道怀旧蕴含着什么，是触碰到这个词的本来意义，即回味往昔的痛苦和感伤，还是会停留在这个词的现代意义，即体验往日幸福带来的快乐。祖母似乎也很吃惊自己会流泪，就仿佛我们的感知里总有一些未知的疆域。我们漫步前行，不太清楚要去哪里。我问她午饭前是否想回酒店休息一下。她回答说不想马上回去，她似乎在想什么事情，随后说道：

"我想回小学看看。市政府的女士说小学还在。"

"好的。"

"需要开车去，我给你指路。"

我们朝着莫泊桑小学开了几百米。祖母给我指路，仿佛她一直生活在这里，不曾离开。招牌、商铺，所有的东西都变了，可是路没变，城市的结构依然如故。我们把车停到小学前面。这是一所很小的学校，大概有五个班级，不会更多了。肯定是每个年级只有一个班。大门后面就是操场，行人能看见孩子们嬉戏。几个母亲在那里，等着午饭下课时间。她们一边聊着，一边朝我们这边打量。我和祖母仿佛忽然闯入她们日常生活里的不速之客。她们似乎有些困惑，甚至是不安，过了片刻我说：

"我祖母曾经是这里的学生。"

"噢，太好了……"一位母亲表情略显惊恐地说道，仿佛忽然意识到自己的女儿某一天也会变得这么老。

这时，孩子们跑了出来。有些孩子留在了院子里，应该是要

在食堂吃午饭的孩子。男孩们拍球、交换纸牌，女孩们跳橡皮
筋、跳房子。看到这些场景，祖母显得很兴奋，只是我无法知道
她内心的真实感受了。她也许会尽其所能详述她的所思所想，但
这对我来说完全成为了一个谜。假如我不在她这个年纪回到自己
的小学校园，我就永远无法了解这种感受。然而这恐怕无法实现
了，我的小学刚刚因为石棉问题被夷为平地。石棉果真有问题，
我应该已经被感染了，这样我终于可以说我一天天神经兮兮原来
是事出有因的。祖母打断了我的胡思乱想，开口说："这一切都
让我怀恋。"她又一次向我讲起突然中断学业的事，我差点对她
说她太唠叨了。不过，事实上她是在对自己重复这段故事，在不
知疲倦地讲述自己受到过的伤害。

"你想进去吗？咱们参观一下教室？"

"不，今天不。"她立刻回答，我明白有些回忆需要慢慢
靠近。

我们回到酒店，她径直回了房间。我独自待在大堂里，读一

份放在那里的旧报纸。浏览一星期前的新闻总是很奇怪。一切都变化太快，这让当下看上去很可笑。阅读几个小时以后将不再是世界真面目的东西有什么意义呢？我放下报纸，打了一会儿瞌睡。当我醒来时，已经是下午了。我上楼来到祖母的房间，看看她在干什么。我开了个门缝，她还在睡着。她看上去很疲惫，一点都不像昨晚看起来那么年轻。我甚至觉得她有点儿呼吸困难。

我决定独自一人回到学校，心里揣着一个想法。这一次，是下午四点半放学的时间，那些母亲依旧带着不安的神情看着我。这我能理解，我跟这里本来是不相干的。我一脸疲倦，胡子拉碴，这可能让我看起来更加像一个绑架孩子的劫匪。为了让她们放心，我大大咧咧地绽放笑脸。但是，我这个放松气氛的努力得到的效果却适得其反，我明显看到她们的表情更加紧张了。后来，我走到一旁给学生们让路。兴奋的嘈杂声很快就过去了，如同飞沙走石席卷大地一般。几分钟后，学校的一天结束了。来的时候我心里有想法，可是现在，人在这里，我却不明白自己的真实意图了。我来到校园里，坐在凳子上。可能过了两三分钟（我也不太确定），一个女人走出教室，一个年轻女子。当一个在你的生命中举足轻重的人第一次出现时，总会有一种特别令你感动的东西。

我永远不会忘记这个女子走近我时的样子，带着稳重的步伐和自若的神情。她身穿深蓝色连衣裙，上面没有任何图案，头发梳成马尾辫。我可以把她朝我走来的时刻分成很多篇幅描写出来，信手拈来。此刻，我对她一无所知。她还是三十亿女人中的一员，我生活里的一个匿名女子。是的，此刻，我甚至不知道她的名字叫露易丝。我不知道她在这里已经做了三年小学老师，今年她教三年级。我不知道她在上戏剧课，但是不久就放弃了，因为她认定自己没有表演天分。我不知道她喜欢的导演是伍迪·艾伦和阿基·考利斯马基。她还喜欢米歇尔·冈瑞，尤其是《美丽心灵的永恒阳光》，一部讲述如何消除爱情记忆的电影。总体说来，她对法国一九七〇年代的电影非常痴迷。她喜欢克罗德·索泰、莫里斯·皮亚莱特，还有伊夫·罗伯特。这让她回忆起自己的童年。一九七〇年代末，给人留下橙色印象的年代，她觉得自己就出自这个橙色。很小的时候，她喜欢在大自然中漫步，梦想着拥有一棵柳树。她时而生点儿闷气，时而浮想联翩。她喜欢雨，因为下雨时可以穿红靴子。红色，是一九八〇年代的颜色。她捉蜗牛，但过后总是放生，因为觉得有负罪感。很长时间里，每个秋天，她都捡拾落叶，为的是把它们恭敬地埋葬。当她走向我时，我还不知道她喜欢俄罗斯套娃和金秋十月。我也不知道她喜欢茄子和波兰。我不知道她有过几段异性交往，结局都不尽人意，而且她在期待爱情方面开始失去了耐心，甚至不相信有真正的爱情了。她有时把自己想象成一部俄罗斯小说里的女主人公，略带悲剧色彩。但是，和孩子们在一起让她很幸福，仿佛是意大利作品里的女子一般轻松快意。她最长的一段交往是和一个叫安托万的男孩。但是他为了读书去了巴黎，到头来，他主要还是决定去研读某一名巴黎女郎。露易丝为此饱受痛苦的折磨。后来，她告诉自己他就是一个傻缺。后来，安托万想和她重修旧好，这至少抚慰了她受伤的自尊心。不过所有这些都翻篇了。她继续朝我走来，我当时还不知道她喜欢在浴缸里阅读，可以一天泡六次澡，她喜欢热水流过自己的脚。哦，还有，我差点忘了她对夏洛特·萨洛蒙抱有极大的热情。她喜欢夏洛特的人生，她的深刻，她的绘画。我对这些还都一无所知。我第一次看见她，现在她朝我走来，对我说："有什么我能帮您的?"

44. 夏洛特·萨洛蒙的回忆

夏洛特·萨洛蒙的一生既充沛又短暂，她二十六岁就被毒死在奥斯威辛集中营，当时她已有孕在身。她是柏林美术学院的绝顶高材生，因为是犹太人，一九三九年她不得不来到法国的蓝色海岸，在外祖父母家里躲起来。她用一种疯狂的方式绘制了近千幅水粉画，构成了非同寻常的自传《人生? 如戏?》，画作可以当成小说来阅读。她的作品里始终萦绕着自杀的主题，她一直生活在这个家族遗传的惩罚之中。这一点是可以理解的: 来到法国后不久，她就遭到一场悲剧性的打击——外祖母自杀。与此同时，外祖父向她坦白了母亲死亡的真相。因为是孤儿，童年时期的夏洛特一直试图探究困扰她的真相。于是，她永远（这个永远很短暂）地记住了外祖父的话，而外祖父也悲痛欲绝："你的母亲不是死于流感，她是自杀的。"同一天，她还了解到自己家族的所有女人都是这个命运。当然，母亲自杀令她崩溃，然而，她似乎已经知道事情本来就是这个样子。真相在被揭穿时具有破坏力，而直觉在被确认时几乎是平静的，她同时感受到了二者怪诞的结合。

45

晚上和祖母在酒店吃饭时，我们没怎么说话。这与前一天的晚餐形成了鲜明对比。祖母脸上现出阴郁的神情。这一天太漫长，事情也太复杂。时间还很早，祖母就上楼睡觉了。而我，我没有勇气把自己独自关在屋子里。我想闲逛，想从突如其来的令人窒息的沉重气氛中解脱出来，我想喝酒。在外面走了一会儿，我看见远处闪烁的招牌，这是属于酒吧的灯塔。霓虹灯吸引的不是船只，而是买醉的人。我一走进酒吧，就觉得这里很亲切。或者说，我觉得这里的氛围和我的欲望很搭。有三个男人倚靠在吧台前，他们的长相出奇地相像，简直像三兄弟。到了这个年纪，男人之间的区别都消失不见了。他们都留着络腮胡子，身穿满是污垢的工作服，深蓝色已经开始变成了黑色。他们在嘀嘀咕咕地说着什么，听不清他们是在对话还是在自言自语。我进来时，三人的脑袋几乎同时转向门口，随后又转回到自己的啤酒杯上，一句话没说。只有侍应生赏给我一句"晚上好"。我还看到有一个女人独自坐在一张桌子旁，于是迅速地观察了一下她。无法知道这是一个几十年没人触碰的女人，还是一个有很多男女故事的女人。在这里，我感觉自己遇到的都是极端情况。不用顾忌繁文缛节，不用彬彬有礼，这让我很受用。这个晚上，我不知道自己为什么如此气势汹汹。现在，回过头来看，我仿佛在担心着什么。

我喝了很多酒，脑袋天旋地转，不过也闪现出许多清醒的火花。我明白了原来我的不安部分地来源于自己没有根。我这么容易偏离方向，是因为我没有任何治疗迷失的解药。我的父母都曾经是影子般的存在，当然他们不乏温情，但还是影子。而我作为守夜人，继续着影子的命运，不再交往任何人。我不愿意像父亲那样一辈子畏首畏尾，更不愿意像母亲那样半疯半痴。我愿意走向光明。我跟随着祖母的脚步，可是我明白这一切带来的只是更多的幻灭。祖母在尝试最后的美丽时追逐的道路是一条死胡同。我觉得眼前一片黑暗，真想冲下悬崖，结束这一切。

我确实摔了，不过是在酒吧里仰面朝天摔倒在地，我的身体卑鄙地纵容了我买醉的意愿。按我的理解，应该是酒吧里的客人好心地把我送回酒店（我身上有酒店的钥匙）。酩酊大醉到身体失控的地步，我为此很感羞愧。他们把我像个孩子一样放在床上。画里面那些母鸡鄙视地看着我。不过，那一可悲的时刻也让我体会到了某种幸福。身心状态不好的时候，有时需要极度释放才能有所缓解。我头疼，昏昏欲睡。但是眼下我不能再睡了，快早上七点了，我还有下面的计划。我用了至少一刻钟来冲澡，我把开关一点点向左拧，让水越来越凉，这是唤醒被酒精浸透的神经细胞的唯一方法。一穿好衣服，我就去敲祖母的门。我本来还担心要把她吵醒，可是并没有，她睁着眼睛，只是还没起床。

"你得准备一下，我们今天有件事要做。"

"是吗？什么事？"

"别急，别急。你先洗漱，我过会儿告诉你。"

她朝浴室走去。与此同时，我观察了她的房间。房间和我的差不多一样。这里没有母鸡图，不过也有一幅劣质绘画，这下我可以放心了。必须说这幅画比我那幅还糟糕。在这个平庸的王国，我的运气到头来还是不错的（每个人都能够找到自己快乐的源泉）。她这里是静物画，简直是死物画一般，上面看不到一丁点希望，画的是三只苹果放在桌子上。这在水果的历史上肯定是空前绝后的，我可以肯定地说：这三只苹果看上去死气沉沉，简直想让人把它们从画中取出来，拯救它们，但是不可能，它们被终身监禁在画框中了。

　　用餐的时间很短，我向祖母说明了我的计划。她觉得不可思议。我相信她也闪过这个念头，但随后放弃了。我们开车去往学校。时间尚早。我们在夜色退去晨曦将至之时矗立不动。我也很高兴再次见到前一天晚上让我心神不安的女教师。见面的时候并没觉得怎样，但是到了晚上，我在不光彩的醉酒之夜回想起她的脸庞。我喜欢事后回味，总是在几个小时以后才能明白自己的真实感受。这个现象在我身上尤其明显，在感情方面我的反应也总是姗姗来迟。在夜里惊梦、半睡半醒之间，她曾经出现在我的梦幻中。她对我重复着那句话，我们第一次见面时的那句连祷絮语："有什么我能帮您的？"她的面庞在我的梦中徘徊，那时候我还不知道她叫露易丝，一夜过后，我在这里，在等她。

　　看见我们时，她露出了灿烂的微笑。我觉得她大清早就这样微笑，简直太迷人了。当然，我已经被她征服了，而且我还能找到她的众多迷人之处。我宁愿现在说出来，因为我会对她越来越失去客观判断的。我把祖母介绍给她。

"很荣幸，夫人，很高兴您今天成为我们当中的一员。"

"应该是我很幸运。"祖母回答，声音里带着明显的感动。

"您真年轻啊。"祖母补充道。

"是吗？您真这么觉得？"

"可不是，在我这个年纪，觉得谁都年轻。"

露易丝朝我这边瞥了一眼，眼神很俏皮。她会喜欢祖母，一定的。从她的目光里能看出来。但是她的目光里还有其他东西。我们彼此的默契就这样开启了。在这种非同寻常的情况下，在建议露易丝接受祖母做一天她的学生时，我并没有想那么多，真的没有。我没想到这件事会带来这么多附加值。大家一般会说推着婴儿车在公园里散步的父亲充满魅力，我发现照顾祖母也自带魅力。

迄今为止，我与孩子没有太多的接触。其实，我接触的最后一个孩子应该就是我自己。我一下子就喜欢上这些上三年级、只有八九岁的学生。他们正要走出童年去发现世界，头脑单纯，还没有被精神惰性污染，对于生活中出现的惊奇，立刻就能感受到美的一面。看到他们因为一个非典型新同学的到来而惊喜雀跃的样子，我明白了这一点。想象一下，一位干瘪的小老太太坐在课桌后面的椅子上，在教室中央。露易丝宣布：

"今天，我们有一位客人，她叫丹妮丝，她六十年前曾经是这里的学生。大家对她说'你好'。"

"你好，丹妮丝。"孩子们齐声说道。

"孩子们……你们好。"

"她今天和我们一起上课，接着她会给我们讲她的故事，告诉我们这里在一九三〇年代时是怎样的。当然，你们也可以提问题。"

一个肯定是今天醒得早的男生有力地举起手，好像要用手指捅破天花板一般。老师让他发言，他（真的）问了这个问题：

"您小的时候，所有东西都是黑白的吗？"

我留在了教室外的走廊里，不想去妨碍祖母的梦。我在两排衣架中间来回走动着，看着一件挨一件挂着的外衣，深有感触。我思忖着，这个年纪的生活是有条不紊的，知道外衣要放在哪里。面对这个井然有序的世界，我很怀旧。我真的不知道人生从什么时候开始就走向无序了。我时不时透过门上的玻璃观察教室里的情况。我注意到露易丝正在说话，目光安详。祖母坐在那里，很乖，与背景融为一体。她在一个借来的小本子上记着笔记。接着，下课铃声响了起来。铃声让我立刻回到自己的小学操场。什么都变了，但是下课铃声没变。一个小姑娘拉起祖母的手，告诉她往哪边走。孩子们把她围起来，都容不得我和她说话。我和露易丝于是由孩子们去了。我俩待在操场边上。其他老师过来打听情况。一个女老师说：

"我的学生们很嫉妒，他们也想让奶奶到自己班里。"

"那我就可以出租奶奶了。"我如此回答，但是没有人笑。

几句话过后，出现了一段空白。那些教师离开了我们。我不知道是不是他们看出了什么。不过，他们在场的时候，露易丝和我低声交谈了几句，好像是为了表示我们之间已经很默契。因为年龄差不多，我俩互相以"你"相称。露易丝比我大三岁。我六岁时，她九岁。我十二岁时，她十五岁。我二十岁时，她二十三岁。依次类推，我这辈子和她总是等距离相差。但是这只涉及年纪，至于其他方面，我期待和她更接近。

我们只说了几分钟，就是在课间操那段时间，但我还是告诉了她我在酒店上班，因为这有利于创作。她说："是吗，你写小说？这太棒了。"这么说，还有人会因为听说别人写作而赞叹不已。很多人对写作已经不感兴趣了。写作现在变得很寻常，大家都写，据说作者比读者还多。年轻姑娘不再崇拜一个怀揣文学梦想的小伙子了，我对此深有体会。相反，她们会为此忧心忡忡，甚至觉得完全没有出路。我可以肯定的是，曾几何时女人会对初涉写作的人投怀送抱，甚至为他们对标点符号的选择而惊叹着迷。露易丝可能只是对我本人感兴趣。那么，假如我的梦想是销售领带，她眼中还会熠熠闪光吗？相互吸引的最初时刻真是优雅无比。我喜欢课间操的这几分钟，有时，我真的想重回我们初识的这段独一无二的时间。

我躺在操场的长椅上，试着睡了一会儿。昨晚我像布可夫斯基①那样烂醉如泥，一夜都没睡好。接下来，到了吃饭的时间。看到转盘上放着各种热菜的托盘，我特别高兴，选了番茄塞肉。我们坐在一个小角落里，和老师们在一起。大家都认为这次经历很棒。他们问祖母会不会太累，这里是不是带给她美好的回忆，还有，一九三〇年代是不是也吃这样的番茄塞肉。在这里，在埃特达的一所小学，我们融入到当地人的日常生活中，感觉自己一直就是这个画面中的一员。铃声再次响起来，大家回到教室，我独自一人在空荡荡的食堂又待了一会儿，看着这些已经远离我的生活的东西：水罐，嵌在墙里的黄色小肥皂，底部带数字的玻璃

① Charles Bukowski (1920—1994)，德裔美国诗人、小说家。他热爱写作，嗜酒如命。人们常常将他称为"贫民窟的桂冠诗人"。——译注

杯。因为杯子里有数字，大家常常会问："你多大了？"喝完杯子里的水以后，我看到杯底告诉我七岁了。

下午，祖母给孩子们讲从前的生活：学校，规定，纪律。她解释为什么自己那么小就终止了学业。教室里鸦雀无声。孩子们似乎把过去当成了恐怖电影。一个男孩说了一句我很喜欢的话："我能生活在今天很幸福。"下午快结束时，露易丝让所有孩子给祖母画一幅画。祖母收到的图片上面写着各种感谢，也画着各种颜色的爱心。我依然保留着这独特的一天的所有见证。当铃声再次响起，孩子们像风一样跑了出去，动作和早上一样，姿态都一成不变。几个学生还缠着他们的特别嘉宾，拉着她的手，甚至有点冲撞到她。露易丝对孩子们说小心。祖母微笑了一下，不过我感觉她的嘴唇抽动了一下。我觉得她累了。这一天可够辛苦的。

"好的，我们要回去了，到时候了。"我说道。

"是的……是的，当然。"露易丝说道，随后拥抱了祖母。但是看到她忽然苍白的脸色，露易丝很担心：

"没事吧？您还好吗？"

"没事……没事，挺好。"

"您要喝点儿水吗？"

"不用了……我们这就回酒店，没事的。谢谢您的热情接待。"

"得谢谢您，真的。今天太美妙了。我敢肯定学生们永远都不会忘记这一天，对他们来说这将是一个美好的回忆。"

回到车上，我问了祖母几个问题，但是她没有气力回答我。今天她消耗了太多的精力，已经被掏空了。到了酒店，我想搀扶她回房间，但是不成。不清楚为什么，我还是不愿意承认当下事态很严重，而我明明已经有好几分钟觉得她完全不在状态了。酒店老板走过来看发生了什么：

"没事吧？"

"有事，我觉得她情况很不好。"

"是的，的确如此……等等，我拿个被子。"

他拿了被子过来，我们让祖母躺在酒店大堂。我在她颈下放了个垫子。我呆立着观察了片刻，情况急转直下，令我一时手足无措，接着我冲过去抓起电话，拨了急救号码。

46.悬崖酒店老板的回忆

他忘不了到酒店下榻的这位矮小的老妇人，她的所有费用都用现金支付。这个年纪她会是逃犯吗？随后，来了一个小伙子，显然是她孙子。事情真的很奇怪，非常怪。后来她在大厅里感觉不适，他们叫了救护车，老妇人被转到勒阿弗尔大学附属医院。此后就再也没有她的消息了。因为老人没有用过支票，他连她的名字都不知道，也没法归还她留在房间里的几样东西，尤其是这个小音乐盒，是大红色的。他把盒子放在办公室的一个角落里，每次看到这个盒子，他就会陷入对老妇人的回忆之中。后来，渐渐地，他真正喜欢上了这个不再转动的音乐盒，仿佛它有种奇特的魅力。直到有一天，一名保洁员注意到这个音乐盒发不出任何声音了，就把它扔进了垃圾桶。

47

在开往勒阿弗尔的救护车里，我握着祖母的手。她戴着呼吸机，情况很严重，甚至很危险。我还没有通知父亲。一回想起这一幕，我就会体验到幸福有多么不堪一击，转瞬即逝。几个小时前，她还是那么幸福。车上有两个救护人员，我捕捉到他们谈话的一些片段，他们在议论高速费涨价的事。

"简直太流氓了，缺德的高速公路，他妈的竟然要赚钱了。"

"是太流氓了，到处抢钱。"

我不明白为什么他们对高速费生这么大的气，我们明明行驶在国道上。好像是因为一档广播节目。有一档允许听众发言的宣泄类节目，先由听众点评新闻，别的听众可以针对点评再进行评论。这两个人行进在自己的日常工作中，好像什么事都没有，这让我觉得很荒谬。即使不被身后垂危的老妇人触动，他们总可以谈论下雨或者地区选举吧。对他们来说，运送祖母不比运送任何其他东西更重要。这几公里的路程让我觉得自己很孤单。我实在受不了，所以我宁愿祖母死去、结束这一切。我不想再见证生命走向衰竭了。我不知道是不是每一个面临同样情况的人都会冒出类似的想法，或者我是一个没有人性的小魔鬼。我不愿置身此地，不愿背负负罪感，不想面对她的衰老。我迷失了。

到达医院后，我松了口气。一位急诊医生接待了我们。他的口音有些怪，分辨不出是哪里人。我觉得很难说他是南美人还是芬兰人。但是他的异域口音让人感觉放松。测过血压后，他问道：

"她的不适是突发的?"

"是的。"

"最近她特别疲劳吗?"

"没有，没有特别疲劳。"

"今天她经历了什么特别的事情吗？"

"是的，她上了一天小学三年级的课。"

"您在逗我？"

"没有。"

事态严峻，医生不想对我发火，但从他的目光中，看得出来他觉得应该也给我吸点氧。我利用片刻停歇给父亲打电话。当我告诉他这个消息时，他半晌没说话。我能想象出他的表情。他的世界在继续一步一步地垮塌。先是父亲，之后是工作，再然后是妻子，现在母亲又危在旦夕。医生让我明白她生的希望微乎其微。她几乎没有气力了。不过，她没有马上死去，又挺过了一夜，她没有真正为活下去而抗争，不过是在滑向虚无。最后这一夜，她在雪白的病房里度过，床单铺盖干净得没法说。我整宿都在她身边，握着她的手。和祖父最后的时刻相反，我能够对她说我爱她，对她说这话的时候我很平静。

我觉得应该对她说些什么，也许她听得见。我想为她读诗。

读阿拉贡、艾吕雅、奈瓦尔的诗。我想让诗歌陪伴她，但我找不到任何诗集。走廊尽头有一个小图书馆，但更像个文学垃圾站。这里应该有很多病人忘记带走或者安然逝去后留下的书。我把书翻了个遍，没找到任何有用的读物。毕竟我不能给她读阿加莎·克里斯蒂或惊悚故事的片段，因为她可能永远不知道结局是什么。接下来，我的目光忽然被一本旅游指南吸引过去，书名是《罗马的长周末》。这本书给出了很多在意大利首都休假的建议：文化和餐饮方面的建议，酒店和餐厅的实用信息。我觉得这本书不错。我坐到几乎一动不动的祖母身旁（我勉强能听到她的呼吸声，呼吸节奏似乎在无可挽回地变慢），开始为她读旅游指南。书开篇就介绍机场、到达后如何去市区等实用信息。我非常小心，不漏掉任何一个细节，仿佛我们明天就要开启这段旅程。有的时候，我控制不住自己的情绪，会中断阅读。这很奇怪，但是我不得不承认，有时我感觉她在催促我读下去。她的表达很微弱，只是用她呼吸的方式，但是我觉得她想知道后面是什么。我们要住在哪里？去什么地方用晚餐？我给她详细介绍了罗马最好吃的饭店。我按照性价比做了分析①，我记下来去哪家餐馆最好只要套餐而酒水单点，哪家餐馆可以完全信任含酒水的套餐。至于酒店，选择起来有点难，因为预算不同星级不同。不过，因为阅读不涉及马上真正出行，我锁定在五星级酒店那一页。我尤其喜欢其中一家酒店，其实只为了一个有点可笑的细节：可以在浴缸里看电视。夜幕降临，我们开启了旅程。我们参观了斗兽场，美第奇家族的别墅，特莱维喷泉许愿池，几十年过后，依旧很容易想象电影《甜蜜的生活》全是在这里取的景。天才演员可以跨越时间，安妮塔·艾克伯格还在质问马塞洛·马斯楚安尼，而二十一世纪初的我正在阅读罗马旅游指南。

阅读持续了一整夜，仿佛一切都是真实发生的：我们在罗马度过了三天。旅行结束时，祖母合上双眼，停止了呼吸。我不知道她是什么时候去世的，不知道是我们在餐馆里用特色餐芦笋焗

① 这不太容易，因为价格是用法郎标注的。看到法郎标价，我才明白旅游指南太古老了。不过我又想，反正罗马的变化不会很大。罗马是一座多少个世纪都不变的城市。

米饭的时候，还是在讲述博尔盖塞别墅的时候，不过我可以肯定她走得很安详，没有一丁点惊吓和惶恐。她的灵魂优雅地离开了身体。我久久地注视着她。我们知道什么是死亡，了解它，可是当死亡来临时我们还是会目瞪口呆。她的身体突然没有了生命，精神停止了思考，这令我发疯。我为自己无法拯救这场悲剧而感到悲愤。

　　我仍然想到上课的那一天，想到她生命的最后几个小时过得如此震撼充盈，我觉得很美。终其一生，她觉得自己的生命充满了缺憾，无时无刻不在想完成自己的学业。如今，在小学三年级的班上度过了几个小时之后谢世，让她抚平了创伤。了结未了之事，生命画上了圆。这时，父亲走进病房。头天晚上，我打电话告诉他祖母入院的消息时，他觉得第二天一大早上路比较谨慎。我对这种谨小慎微感到吃惊。也许他需要用几个小时来接受悲剧的现实。他的兄长们，一个在法国南部，一个在国外，今天都坐飞机赶过来。他们在巴黎与我们会合，因为尸体会运回去。后来，父亲终于等不及一整夜，决定四点出发，但他没告诉我。此刻，他来了，站在自己母亲身边，他立刻明白一切都结束了。他紧紧地盯住我的眼睛，等着我对他说点什么。我咕哝着祖母刚刚去世。足足一分钟他没有任何反应，接着就崩溃了。他坐到一张椅子上，用双手捂住了自己的脸，开始哭泣。我理解他的悲痛欲绝，但是我注意到一件事，这让我诧异：他不是真的为母亲哭泣，而是为没赶上母亲咽气而哭泣。我觉得听见他说："连这个我都错过了。"他永远不能对母亲说再见了。

48. 马塞洛·马斯楚安尼的回忆

一九九六年九月，这位意大利演员正在葡萄牙北部拍戏，他为一部纪录片讲述了自己的很多生活轶事。他为这部片子以及后来的书取名为《我记得，是的，我记得》……与这样的开场白呼应的是他记忆中的各种画面："我记得这个没有手柄的铝锅，妈妈为我煮鸡蛋。我记得'星辰'的音乐，战争爆发前，我和身着花裙子的姑娘共舞一曲。我记得弗雷德·阿斯泰尔优雅轻巧的舞步。我记得巴黎，我女儿夏拉出生的那段时光。我记得葛丽泰·嘉宝看着我的鞋用英语问我：'Italian shoes（意大利皮鞋）?'我记得叔叔的那双手，我记得莫斯科红场上的白雪。我记得一个梦，梦中有人对我说要把我对父母房子的记忆带走。我记得大战期间有一次乘坐火车旅行，穿越隧道时一片漆黑，在寂静之中，一位陌生女子亲吻了我的唇。我记得自己渴望看到世界在二〇〇〇年变成什么模样。"后面还有很多个"我记得"，通过委婉细腻的情感抒发，他以乔治·佩雷克的方式罗列出自己的回忆。之后，在这些自我告白的过程中，他说出了那句美丽的话："回忆就像终点，或许也是唯一真正属于我们的东西。"

49

　　为了处理遗体运回巴黎的各种细节，我们只好在当地多留一天。一面悲痛欲绝、心如刀割，一面又不得不处理各种实际事务，确实很难。父亲说祖母已经"做好了安排"。在人的一生中会有那么一天，人们下定决心对自己的身后事进行具体安排。这让我觉得不可思议，就像让胎儿选择出生一样荒诞。我试图想象祖父母来到一家殡葬用品店（他们肯定是一起去的）。那是一个普通的日子吗？他们是在去家乐福超市之前选好的棺材吗？我不停地想着这一刻，试图整合出这段我并不了解的记忆。他们会像选汽车一样选棺材吗？要亲身试一试吗？在不同的选项之间会犹豫吗？我看到那张纸上记录了所有的细节：祖母选择橡木棺材，内衬软呢料，附加头枕。是的，真是这样写的：附加头枕。就是说有人脖子扭曲着穿越到了永恒世界。我需要这样信马由缰地遐想，我想让自己的思绪放松一下。父亲肯定不是讨论所有这些荒诞话题的理想伙伴。最初的打击被消化掉之后，人们通常会回归正常思维，但是父亲没有，他似乎在最初的状态里无法自拔，仿佛依旧停留在获知他母亲去世的那一刻。

这一天好长一段时间里，我们都坐在医院走廊的黄色椅子上，等候灵车司机。他终于出现了，但还顾不上理我们，他正激烈地讨论着什么。起初，我以为他在对我们说话，可是发现他戴着耳机。我一向认为戴着耳机说话很可笑。这种人前世肯定是疯子，他们习惯了自言自语，所以为自己的疯病找到了现代替代性治疗工具。那个人冲我们做了个道歉的表示，显然他的谈话还没有结束。他站在我们面前，我们在等他处理完手头的事情，是关系到另一具遗体的运送。因为让我们干等，他做出一些表示友善的手势，他似乎并不觉得自己的态度有什么不妥。五分钟后，他终于挂了电话，旋即对我们说："请原谅……是因为……其实我还有另一位死者要处理。"不等我们说什么，他继续说起来，做了自我介绍，同时也对我们表示哀悼。他抑扬顿挫，把同情表达得恰到好处，给人感觉面对伤心的家庭他驾轻就熟。其实，他的同情真不算什么。我们是要他马上干活，说白了，就是要他运送遗体。可是事情并不那么简单，从来都不。

他开口提出的问题让我们很困惑：

"你们认识遗体吗?"

"您的意思是?"

"是这样的，您得签一份委托书，证明我运送的确实是您母亲。"

"……"

"随后……我们就可以出发了。"他又说道。

他说的每一个字似乎都让我父亲目瞪口呆。

"是的，肯定是我祖母，也许您觉得我们脸上的悲哀还不足以证实这一点。"我说道。

"不，我之所以这样说，是因为有时候……其实发生过，是的……遗体弄错了……我就曾经在运送遗体时送错了人家，弄错了城市……其实，这事看着简单……不过谁知道呢……我更愿意小心在先，您明白吗?"

是的，我明白谁都不让我们顺顺当当地办丧事。我明白每个死者都要受制于荒唐的行政手续。另一件事也大同小异，那个号称负责文件签字的文员也让我惊到了，他在办公室里找了足足两分钟文件，好像从未处理过这种情形一样。看着他的脸，简直让人以为在祖母去世之前，这个星球上从来没有死过人。

终于办妥了一切，我们准备出发了。父亲和我坐在各自的车里，在停车场等候。我们不想看遗体装车。装车这事所用的时间也让我们感觉特别长，有好几次，我差点要过去看看到底怎么了。终于，他出来了，我们这才上路。我们三辆车一辆接一辆，如同死神之舞一样朝巴黎开去。到现在为止，我还不曾哭泣。但是，快到收费站时，回想起来时的路程、那天的心情，我流下了几行泪水。这两个时刻的对比深深地触动了我的内心。很多互相矛盾的情感交织在一起，行进在道路上的我还不知道从今往后我的生活将如何。最近这些天大脑奇怪地开了小差，处于麻痹状态，忘记了未知生活的不断焦虑。我还要回到工作的酒店，我还要尝试写作，也许我还会接受我老板的建议。我一边开车一边假设，没有一样东西让我觉得美妙。

路上，我有时通过后视镜看父亲的车。他没有睡着（我也没有，不过我习惯了），但车开得有点晃。我害怕他出意外。我想象一个变态的情形，想象他在跟着死去的祖母的车时，自己也挂了。这是有可能发生的。我看到他扶着方向盘在哭泣，他应该是受到了负罪感的折磨。他和自己母亲的关系结束得太突然。如果祖母事先想去死，她肯定不会这样离开自己的孩子们，不会留下这样一份苦涩离去。然而，事实就是如此，也永远如此。他们的关系结束得很糟糕，属于那种让生者永远不安的完结方式。父亲一边开车，一边深深地怨恨自己，他也因为我母亲的情况而怨恨自己。他现在比任何时候都为母亲发生的状况深感自责，因为他从来不曾让她对他们的未来有信心。整个一生对他来说都好比一件大衣，而这大衣他一直穿得晃晃荡荡。今天早上，在等候殡仪人员的时候，我问他："妈妈怎么样了？"他停顿了很长时间，对我说出了实情：

"你母亲住院了。"

"什么？"

"她住进了一家诊所。"

我什么都没说。在这凄凉凋敝之中，我好像对新的坏消息无动于衷了。我同时消化不了这么多内容，痛苦也是需要区分层次的。

现在我和父亲拉开了距离，我还能看到他，就像高速路上的一个点。后来，忽然间，他加速开过来，很危险地贴上我。他肯定是疯踩油门才赶上来的。但是几分钟后，他又落到后面了。整个旅程中，他就这样不停地变换节奏，紧张兮兮没有连贯。旅程仿佛没有尽头，不过我们最终还是到了。伯父和伯母们在等我们，我把父亲留给家人，放下心来。回到自己的住处时，我已经筋疲力尽。我躺到了床上，自打搬到这个公寓，这是我第一次对自己承认，在这里我住得从来都不好。一切都是临时对付的，我一直觉得住在这地方是暂时的。以后手头宽裕些，可以换个更舒适的地方。最初，唯一重要的想法是独立：无论如何，我要有自己的空间。但是，这天晚上，想到住在一个对自己来说什么都不是的公寓，没有灵魂没有温暖，在被孤独笼罩时也不能给我安慰，我感到很悲哀。

在出奇平静地度过几天之后，到了葬礼的早晨。所有人都来了：儿子辈，孙子辈，远近表亲，还有我们通知到的几个朋友。万圣节假期刚刚开始，祖母的和谐感总是这么强。天空灰蒙蒙的，树叶飘落下来，有种温柔的悲伤。现在每个人都知道小学三年级的故事，大家对此会心一笑。这是她生命中最后的轶事，这个故事似乎很让人释怀。而我，我不太清楚该怎么看待这件事。我曾经在故事的前沿，可是这个回忆却猝不及防地戛然终止了。与大家分享这一切时，我希望自己不是故事的主角。她的三个儿子先后讲了几句话。我这么说也许有些残酷，但是我确实觉得每个人的悼词都没有一丁点真情实感，仿佛都在机械地重复。我由此明白这更是一个时代的结束，维系这个家庭的那些冰冷元素之间的纽带没有了。然而，棺木下葬之后，大家仍然留在墓旁，没有人愿意离开。这时，我转过头，看到露易丝在那里。

自从离开埃特达，我经常会想起她。我不太清楚自己该做什么。回去看她？忘记她？现在这都不是问题了，她来了，此刻，就在我身边。

"你好。"她说。

"你好。"

"我想来……我希望……"

"你能来太好了。"

当时我对露易丝还不怎么了解，可是，这一天，我却像介绍一位老朋友那样把她介绍给家里的所有人。举行葬礼时，她躲在一旁，不想打扰家庭祭奠。看见我们都不离去，她才走过来。我和祖母匆忙离开学校后一直没有消息，这让她很担心。她从酒店老板那里知道了发生的事情。她打电话给医院，得知祖母已经去世。现在正值学校放假，她觉得有必要赶过来。她用异常简单的方式做了这一切，没想太多，这我能感觉到。我很高兴她能来，却不知道这高兴从何而来。至少可以说，她的出现填补了一个想念，那是我对她的想念。再次见到她（我原本不知道该怎样向她表达这一愿望），我明白了我是在等她。

50. 把祖母的遗体运回巴黎的殡仪工的回忆

这位殡仪工没有违背一个奇怪的规则：殡仪工作的薪火往往在家庭成员之间代代相传。从父亲到儿子，一代又一代，他们负责运送遗体埋葬死人。孩提时代，无数个上午他都在父亲工作的地方玩耍，在棺材之间玩躲猫猫。但是，当有人走进殡仪馆时，父亲总是让他保持安静。"要尊重客人的痛苦。"父亲总是重复这句话，而这正是他未来职业的第一课。于是，他让自己不引人注目，他躲在一旁，观察悲伤的人们。他记得一个女人，一个刚刚意外丧夫、非常漂亮的女人来到这里，她的丈夫在跑步时被车撞死了。在选择棺材时，她泣不成声不能自持，她父亲只好抱住她，把她紧紧地搂在怀里。作为孩子的他为这一幕痴迷。这个女人太美了。也正是在那一刻，他想到："这个职业太棒了。"

51

　　我和露易丝离开了大家，走在墓园的小径上。某种东西在墓间升起，我们感受得到，这是一个简单而宁静的时刻，一切都自然而然。我心中想到，自己经常追逐女人，有时还穷追不舍，我曾经努力寻找与这个或那个女人之间的共同点，现在我觉得这都很可笑，因为我明白了爱的邂逅其实是简单明了的。我们并肩走着，谁都没说话，就像一幅一九五〇年代美国油画里的人物。我没有开口打破沉默，而在平时的谈话中，哪怕出现片刻空白我都觉得是自己的过错。我们坐到没有鲜花的墓前的一张长椅上（死者估计不太受人欢迎）。我不知道我们在那里待了多久。后来，我靠近她，开始拥吻她。我强烈地渴望着她。我是那么喜欢她的马尾辫，喜欢她几缕发丝垂落在脸颊的样子，仿佛烟火绽放到最后时那夺目的瞬间。我的心在她的嘴唇上跳动。生命如此强烈地攫住我，在突如其来的狂热的幸福中，有那么一刻我几乎要相信坟墓里的所有人都能起死回生。

几个月以前，我还在墓地里转悠，一心希望见到那个再也没见到的女孩，而现在我却拥抱着一个女人。我开始觉得也许自己对命里注定的东西有种直觉。当然，我的直觉有偏差，就是说没有盯住正确的人，但是，在总体上，我表现出几许令人吃惊的直觉能力。我们继续亲吻着，我想马上发现她的身体，想来到她的大腿间。最近几天的沉郁氛围加剧了生命的冲动。这样做也许会让她觉得我是个风流之徒，也许这个举动在此刻不够谨慎，但是我的欲望太迫切了。她穿着裙子，我真想掀开它，然而分寸感迫使我在她的膝间放下了欲望。有人在看我们。没人能想到我们刚刚在几米开外的地方埋葬了我的祖母。他们可能把我们当成猎奇的男女，喜欢在阴森的背景下纵情声色。

我得赶回酒店，我本来决定从今天晚上重新开始工作，现在我后悔了。但是我不能放老板鸽子，这些日子里他总是那么善解人意，甚至给予了我非同寻常的支持。我对露易丝说："跟我去酒店吧。"我觉得自己是故意把这句话说得有点含糊其辞。这会让我了解到她会跟我走到哪一步。她说："好的。"（谢谢这个"好的"。）她本来是头脑一时冲动就出发的，行李也没有带。她愿意继续这个随性而为的行动，本来她对假期也没有做什么安排。我已经迟到了，于是试着叫出租车。当然，天空开始落雨。人生中令人难忘的重要时刻必备的成分都有了，爱情神话的各种要素也都一样不缺。我们终于找到一辆车，亚裔司机一路上不停地说话，他的口音太重，我们一个词都没听懂。我们在后排座椅上使劲忍住不笑出声来。我与近来的生活就此别过，生活是美丽的。

热拉尔在酒店等我。他不愿意去墓地，觉得这是一个私密仪式。他宁愿等在酒店，用一脸笑容迎接我。看到我身穿套装（我没有时间回家换衣服），还有一个年轻女人陪伴，两个人浑身湿透，他肯定感到很吃惊。我们像是来开房的一对情侣。他停顿了一下，仿佛在寻找合适的台词，随后说了这样一句话："你们是参加完婚礼还是葬礼？"不知道为什么，肯定是和过度激动有关，我走过去，张开双臂拥抱他。我对他说谢谢，谢谢他做的一切。我或许很可笑，可是爱情刚刚步入我的生活，让我想去爱全人类。我想对自己的亲朋好友们说我爱他们。热拉尔的每一个关爱都深深地打动我，这正是对他表示感激的理想时刻，他的所作所为如同一位父亲。我向他介绍了露易丝，快速介绍了我们相识的那些细节（能对别人说起她真让我幸福莫名）。他说这个故事浪漫得不可思议。我不知道这是不是浪漫，我没往这方面想过。我只是单纯地认为我经历的一切都拥有真实的美丽，对我来说这就够了。热拉尔想让我们喝一杯香槟来庆祝这个时刻。结果，他开了好几瓶香槟，所有来大厅的客人每人一杯。我们周围有说中文、德文和俄文的游客。露易丝和我对望着，尽管被异国情调包围，我们依然感觉是在自己的国度。过了一会儿，大家纷纷离去。热拉尔给了露易丝一间客房，告诉她想待多久就待多久。她转头看向我，轻声说："既然这样，我要游历巴黎。"

我独自留在前台，整个人已经筋疲力尽。我知道只要再坚持几个小时我就可以去找露易丝了。这天夜里，我坐在那里，什么都没做，没有读书也没有写作。我的思维停滞了，停滞在对露易丝的想念里。到了早上，接替我的女孩来了，带着重重的黑眼圈。我其实只有一种渴望，尽快上楼。不过我还是和她周旋了几分钟，给她做了一杯咖啡。慢慢地，她恢复了人形。新的一天可以开始了。我上了楼梯，露易丝的房间在最顶层。热拉尔愿意让我的女友看到美丽的景色。不过，我进去时，窗帘还拉着。露易丝横躺在床上，这是为了表示让我进来的时候叫醒她。搭在她肩上的床单好似水岸，湖水平静的岸边，瑞士的湖。我坐到她身边，凝视着她，没有发出任何声音，我想放慢彼此发现的时刻。我被这一幕深深感动，我觉得她很美。在我看来，她符合我喜欢的一切。或者，她变成了我喜欢的一切，我也不太清楚。她睁开了眼睛，神情严肃地看着我。我于是溜进床里，和她靠在了一起。这是世界的早晨。

52.我和露易丝第一次亲吻的回忆

一段故事的开始总是让人记忆深刻。我可以细数我们最初的每一个亲吻。慢慢地，随着美妙体会的重复和习以为常，记忆相互交织，并趋于一致，不再区分得出每一次特别的感受。于是亲吻就有了属于某个广泛时代的不明确的味道。

我经常回想我们的墓地初吻。我们很长时间都在温柔地亲吻，双唇轻柔地触碰，没有伸出舌头。后来，嘴唇交织在一起，舌头也终于相触。最开始，真的只是舌尖相碰①。触碰她的舌尖让我神魂颠倒，甚至胜过我们后来激情四射肉体欢愉时所体验到的心醉神迷。尽管激情和快感真实且美好，我还是奇怪地觉得它们与最初的情动心迷相比未免有些失色。到后来，在有些机械地拥吻露易丝的时候，我有时会情不自禁地回忆起我们的初吻。我觉得那回忆不是爱情的遗迹，而是藏身之地，我可以藏匿其中躲

---

① 法语中说"有什么东西在舌尖"，意为"想不起来"。

避爱的倦怠。

53

我心无旁骛，幸福此时此刻蛮横地占据了我所有的时间。我发现了自己身上这种在别人看来可笑的有点呆傻的状态。我的心脏用一种新的力度在跳动，这有时会让我感到不适。随着深入到这段爱情当中，我感到了害怕。肯定是害怕幸福，害怕做不好，害怕不知该怎样做。总归爱情在我看来是一个复杂的国度。因为担心，我要三缄其口才开口说话，而我开口应该是为了亲吻露易丝才对。虽然这些都是细枝末节，但是我现在依然记得，在那些日子里，我因为不知道怎样把握两个人显而易见的爱情而焦虑。有时我也会怀念过去，单身时，我在孤独中茕茕孑立，没有让女人失望的任何风险。我筋疲力尽，无法入眠。每天早上，我都去找她。她在床上等着我，总是同样的姿势，这已经是某种仪式了。

为了配合我的节奏，露易丝决定夜游巴黎。对她来说，巴黎是一座灯火通明的不夜城。热拉尔提议开车带她到处转转。每个景点都几乎只有他们俩：圣叙尔比斯广场，圣心大教堂，密特朗国家图书馆大广场。这是一个没有巴黎人、没有游客、没有点评的巴黎，一座净化版的城市。我觉得在我们魔幻般的交往之初，这样的夜晚也对她起到了某些作用。谈情说爱的背景也是很重要的。大清早，她回到酒店。经过我面前时她什么都不说，脸上带着某种暧昧的灿烂微笑。她上了电梯，而我在想着她的身体。我们开始做爱，之后会在大白天睡觉。有时候我们中间醒来，在黑暗中安静地看着对方，接着又沉沉睡去。下午三四点左右，我们盘腿坐在床上吃早餐。窗帘拉着，我们仿佛两个怕光的吸血鬼。恋爱初期，人们都愿意把自己的一切急切疯狂地倾诉给对方。我们决定不要立刻袒露无遗，限定每天只讲一件重要轶事。我们把发现彼此的热切时刻放缓，坚信应该让懵懂无知的这个阶段尽可能延长。但是，每个人都有权利展示各自的趣味。于是我们谈论自己喜欢的电影、书籍和音乐。我觉得用这种方式发现一个人很美妙。她向我推荐她喜欢的小说，可是我知道，此刻我没有任何阅读的欲望，也没有写作的欲望。我更愿意体验我们自己的故事，而不是跟别人的故事搅在一起。

　　父亲每天都给我打电话，他总是很迫切地问我："你什么时候来看你妈妈?"我不知道。我往后拖着，无法解释自己为什么要这样。反正就这样了。肯定是因为露易丝。千万别觉得这是自私的表现，主要是因为我要守住目前所体验的泡沫状态。我感觉是我的身体在做所有的决定。我的身体想留在露易丝身边，笼罩在轻柔弥漫的欲望中。当她和我谈到祖母时，我也有同样的感受。我感觉一切都很遥远。露易丝问我和祖母有关的问题，问我们去埃特达远行的细节，只有在这个时候，我才记起自己是怎样遇到露易丝的。

　　"只有在你对我说起祖母的时候，才会让我回到奇怪的现实。"

　　"什么现实?"

"我认识你才几天的现实。"

我感觉她一直都在。从某种程度上讲，等待一个人，其实就是在这个人出现之前就感知到其存在。我如此渴望这个女人，所以当她出现时，在我的意识里她已经超越了现实的存在。然而，她敦促我回归现实，说我应该去看望母亲。她表达这个意见时态度非常坚决，所以我决定回去一趟。后来，我得知露易丝的母亲一年前去世了，情形有些神秘。她身体一直特别好，但是一天早上，她再也没有醒过来。这个无声无息的死亡太过残酷。人们宁愿死亡有一点儿预兆，或是生病或是身体每况愈下，而在她，好像生命被顺道偷走了。死亡就这样卑鄙地不期而至。在好几个星期里，露易丝悲痛欲绝，整日以泪洗面。她行走在悬崖边，踏步在虚空中。后来，随着开学，看到孩子们的目光，她找回了生活的味道。我眼下寥寥几句讲完的露易丝这段经历，将对她产生决定性的影响。露易丝的生活是有一天过一天的状态。因此，我俩的交往总让人感觉明天不知会怎样。这让她有时候飘忽不定，不可捉摸；而这又让我经常对爱情感到不安，手足无措。

　　一天早上，父亲敲响了房门。我当时刚睡着，这沉睡的时刻是睡眠中最美妙的一段。他站在门口，紧张异常。他本想进来，但是看到一只裸露的肩膀滑落出被单，他又退了回去。若隐若现的异性身体让他来势汹汹的紧张和激动略有收敛。

　　"发生什么事了？"我不安地问道。

　　"真受不了你。打电话你不接。你看不出情况很严重吗？"

　　他说话的语速很快，令人不安，仿佛这些话他憋了很多天，在呼吸暂停之后一下子冲了出来。我也看了一下那只肩膀，随后走出房间来到门口，关上了房门。

　　"好了，我是打算去的。"

　　"可是什么时候？！什么时候啊？"

　　"听着，镇静点。"

　　"你居然这样对我说话，我可是你父亲。"

　　"我知道……不过，镇静点。"

"不，我没法镇静。我不明白你为什么把烂摊子丢给我一个人，不管不问。"

"什么？"

"是你母亲的事。你可真冷血！"

最好把他的话理解为筋疲力尽精神紧张。尽管能替他找到借口，然而此时的我只有一个冲动，就是把他推得远远的。我比任何时候都明白我的父母是多么地自私。父亲对我所面临的各类困惑从来没有表示过丝毫的兴趣，我经历青春期时他也不曾有过任何同情，可他现在却来评判我。我真想对他说，任何人都不对自己的父母负责。但是我看得出来，他的愤怒不是冲我来的。他自己惶惶不安，想找一个人分担，我是他唯一可以求助的人，但是我不愿扮演这个角色。我的幸福刚刚降临。我本想好言相对，可是他竟然说：

"如果她死了，你会终生遗憾的。"

"这么说话有病吧，你真恶心。"

"……对不起，我不是那个意思……"

说了几句话后，两个人就没词了，对话陷入了僵局。我停顿了片刻，随之叹气道："好的，走吧。"他表情释怀，对我说了声谢谢。

我回到房间，迅速穿好了衣服。露易丝假装睡着了，而我则假装以为她真的睡着了。我又想改变主意。刚刚开始恋爱的我，哪怕和对方分开一分钟都觉得很荒谬，失去理智的人就是这样不可思议。我们开车走了。一夜没睡觉，又经历这样复杂的情况，真让我受不了。我看上去似乎很听话，其实我只是疲惫不堪身不由己。刚一上路，父亲就改变了态度。他刚到酒店时咄咄逼人难以自控，可是现在，肯定是我跟他走让他感到了解脱，一下子变得甜言蜜语起来。这么喜怒无常，实在让人无法忍受。他一边平稳地开着车，一边询问我的生活，还问和我在一起的女人是谁。我告诉他就是葬礼上来找我的那个女人。他不记得了。几天前他还和她握过手，可是现在我们谈论起来，他却忘得一干二净（我父亲肯定有问题，因为露易丝是令人难忘的）。我琢磨着是不是要在母亲的同一家医院里给他也弄一个房间。作为他们俩的孩子，我能精神正常还是值得骄傲的。算了，我肯定是有些偏激了。在最近出事之前，父母的关系一直超级稳定，甚至是极度无聊。我还应该为现在的插曲高兴呢。说不准他们也是为了避免直面空虚在装疯卖傻，这一切不过就是焦虑的中老年人在演戏。

路上，父亲告诉我国民教育部互助基金会在巴黎有三个精神健康与康复中心。每个中心大约有一百张床位，总是满员。由此说来，国民教育部这部机器既培养青少年，又制造教师抑郁。父亲告诉我，母亲住在凡·高医院，之前差点儿住进卡米耶·克洛岱尔医院。治疗精神病的医院起这种名字，我觉得不可思议。这是两个得过精神病的艺术家，画家凡·高割掉了自己的耳朵，雕塑家克洛岱尔几十年被关在精神病院里。这给人传递了什么样的美好希望呀！为什么不采用更正能量的名字呢？比如毕加索或者爱因斯坦？万一哪一天我成为了疯子，我可不想去以尽人皆知的疯子或干脆自杀的人命名的医疗机构。完全可以想象，如果用詹姆斯·迪恩①命名一个收治车祸伤患的诊所，会出现什么效果。父亲倒不觉得这个名字有什么不妥：

"对我来说，凡·高就是鸢尾花，美丽并充满希望。另外，也意味着成功……你看他的画卖多少钱！"

"哦……可他死的时候却贫困交加。"

"是的，不过，还是很震撼的……给未来美好的希望。"

我感觉不该反驳他。不管怎样，也许他是对的。凡·高的形象是正面的，这是一个注定流芳百世的形象。父亲很快找到一个停车位，这一直是一件能让他高兴的事。我觉得，能轻松找到停车位，就是父亲理解的幸福人生之一。此外，这也非常具有象征意义：父亲一直想要一种循规蹈矩的生活。虽然他为找到车位乐在其中，而我对此嗤之以鼻，可是不管怎样，每个人都可以有让自己快乐的方式。

---

① James Dean (1931—1955)，美国男演员，因车祸去世。——译注

我害怕发现真相。上次看望母亲让我很痛苦，我几乎没有认出她来。平时我们见面不多，其实也不太亲近，但是，说来有点愚蠢，我一直是一个需要她的存在感的孩子。她可能疯了，这件事让我很恐惧。我找各种理由拖延这个经受考验的时刻到来。没有人明白，我无法去看望母亲恰恰证明我爱她。我来到门前，手悬在半空中准备轻轻地敲门，但迟迟不敢落下。是的，手悬着，很笨拙，一动不动，好像一个战士因为害怕而不能动弹。父亲转过身去，口中嘀咕着："好吧，也许你自己进去更好。"

　　我轻轻地叩门，敲了好几下。里面没有回应，我于是走了进去。母亲在睡觉，姿势很奇怪。我想她是不是用了药，因为她看上去有气无力。她在睡觉，脑袋挺直地放在枕头上，以前我看她总是侧身睡觉的。可是我错了。我刚坐到她身边，她就睁开了眼睛。她睁眼的方式很奇怪，先睁一只再睁一只。她根本没有睡觉，看上去异常安静（仿佛我们是在二月里的某个星期天早上）。她转过头，冲我绽放着微笑。我说："妈妈，你好。"她说："亲爱的，你好。"不知道为什么，我忽然被一种情感攫住。同时，我明显感到这种感情是相互的。我们霎时感受到了一种柔情，好像这份柔情一直在悬崖边乖乖地等候着我们。我立刻明白母亲根本没疯。她只是对生活感到害怕，对自己的生活感到害怕，就像一个害怕黑暗的小女孩。

"你好吗？我听说你遇到了一个人。"

"是的，她叫露易丝。"

"你可能觉得奇怪，但是我相信我能想象得出她的样子。"

"我要是给你带一张她的照片就好了。我应该早点来看你的，我知道。"

"不用，你不用来。是你父亲自己紧张。我嘛，我知道为什么你不马上来。"

"真的吗？"

"真的，我明白。我还知道我没疯，尤其是我在这里看到所有那些疯子。我对自己说：我可没像他们这样。"

"你这样说我很高兴。"

"现在，我先在这里休息休息，把大脑放空，随后就回家。我得照顾你父亲，他太让我担心了。"

　　"是的，他的确有点怪。"

　　"我跟他说晚上出去玩……趁我现在不在家……可是他不去，没有用……他告诉我他没心情……他不明白，看到他充满生机而不是赖着我，这才对我有好处……就他那脑子。"

　　"他自己瞎操心，仅此而已。"

　　"是的，我知道。大家都瞎操心。"

　　接下来，我们就这样静静地待着，半晌没说话。后来我说看到她这样我很高兴。很高兴也很欣慰。

　　"下次你和露易丝一起来，好吗?"

　　"她要回埃特达，开学了，圣诞节她肯定会来的。"

　　"好的，好好待她。一个对你有感情的女孩肯定特别出色。"

　　我反复想着这句话，我要把它再写一遍："一个对你有感情的女孩肯定特别出色。"母亲待我从来没有这样温情脉脉和蔼可亲。我内心无比激动，仿佛在感情干涸了多年之后听她说爱我。没必要傻傻地守候父母爱的表达，只要他们扔一小块骨头，我们就会摇摆着尾巴快乐地啃咬。我拥抱了母亲，离开了她。这样和她说几句话真是太甜蜜了。我感觉，她问起我的生活是出于真正的关心，而不是母爱的机械表达。当天晚些时候，我还是内心希望着这种柔情不是服用了镇静剂的结果。

我在咖啡机旁找到了父亲。从他紧张盯着我看的样子，我就能想象出他至少连喝了六七杯咖啡。我刚走到能听到他声音的位置，他就问道："你要咖啡吗？"是的，真的，这是他的第一个问题，他别的什么都没说，甚至没有问我觉得母亲怎样。他重复道：

"你要咖啡吗？"

"……"

"你应该来一杯，这里的咖啡不错。我开始也不相信，不过真的，这台机器磨出的咖啡不错。"

我说好的，于是我喝了一杯难以下咽的咖啡。好像这咖啡也有人格障碍，在我看来，这杯咖啡本来是想成为番茄汁的。生病住院本来就很难受，为什么还要用这似是而非的液体来制造双重痛苦呢？这和养老院奶牛画的效果异曲同工，不同的是这里破坏的是味觉而不是视觉。我不能告诉他咖啡不好，看得出来他那么笃定我会觉得咖啡好。后来，我喝了第二杯，用这个方式来平息这几天由于我的态度带来的紧张。又过了一会儿，因为他还是不问与母亲有关的任何问题，我就告诉他，看到母亲挺好我很欣慰。他对我笑了笑，什么都没说。是的，一切都会好起来的。我拥抱了父亲，离开了他，我对未来充满信心。当然，我弄错了。

54. 文森特·凡·高的回忆

通过凡·高与弟弟提奥的许多信件往来，我们对这位画家的一生有了比较清晰的了解。非常年轻的时候，他对宗教过度痴迷乃至令家人担忧。他由此变得沉默寡言，心神恍惚。他与上帝有一种艺术上的关联，认为自己的主要使命将系于精神层面。一八七五年，二十二岁的凡·高来到巴黎。他经常去教堂，在写给提奥的一封信中，他提到了自己听过的"最美布道"："要更多地拥有希望而不是回忆，过去生活中值得称道和祝福的经历不会消失，因此无需念及，你们将在别处与之重逢，但请前行。"后来他多次引用神父的这段话，他几乎在这里找到了与过去决裂的理由。他记住了遗忘的必要性，遗忘又意味着逃离，甚至从某种意义上讲，有可能奠定了他日后的疯狂。

55

　　我不确定自己是否真实地还原了这段恋爱时期的经历。和露易丝在一起时，我们很快乐，充满了互相发现的幸福，但是，有时我们也会因为像孩子一般突然赌气而糟蹋了宝贵的时光。我记不起来当初为什么吵架，可是我们会分分钟从爱意满满变成互相猜疑。我有时心里会想："我为什么会觉得她是我生命中的女人呢？应该面对现实：她很平庸，而我竟然真想和她在一起，我也很平庸。这样肯定不行。"几分钟过后，好似云开雾散，一个新的世界又呈现在我的脑海："我刚才怎么可以那样去想呢？这个女人很出色，我当时一下子就看出来了，而且她很漂亮。我看着她，再次确认一小时之前自己疯狂爱恋的对象，现在依然疯狂地爱恋着。"于是，我冲到她面前，两个人拥吻在一起，就像是初吻。这就是我们开头几天一再反复的动作设计，在使人安宁和令人疯狂的爱之间幼稚地来回切换。我还记得在这段时间里我因为疲惫而经常饱受背痛的折磨，几乎无法入眠，所以我不敢肯定什么是真实存在的。有时半夜醒来，我会对露易丝说话，醒来之后我才明白这不过是一个梦。梦境变得跟真实生活一样。我观察沉睡中的她，也想到其他离我而去的女人。当下的美好安抚了生活中的许多经历。我觉得自己正在和消失的过往握手言和，面对过去时我的心中不再感到刺痛。

我们在一起度过了十天，像统治一个自治国家一样，畅游在悠悠万事唯我独尊的海洋里。我们每个小时都要讲一百遍两个人相遇的过程，不知疲倦地重复两个人当初如何情愫暗生，仿佛我们是神话般的存在，需要无限诠释。我特别喜欢这个时期的爱情，两个人絮叨着早已知道的事情，觉得故事之外还会有被掩埋的真相，有待我们去发现。有些细节在重新构筑相遇的过程中肯定忘记了。随后，到了分别的时刻。露易丝有自己的生活，露易丝有一份职业，露易丝本来在另一座城市，露易丝过去的生活中没有我。我们一个贴着另一个粘在一起，奇怪的是，两个人却说些不相干的话。我是想说，我们并没有谈到二人共同的未来，没有说什么时候再见，谁去找谁。我们在一片云山雾罩中度过了分别前的最后时刻，这也是逃避焦虑的一种方式。我奇怪地问她①：

"你喜欢红色还是蓝色？"

"我喜欢蓝色，我觉得。"

"你喜欢天空的浅蓝还是大海的深蓝？"

---

① 下面的对话在我们的故事里不算是我最喜欢的内容，不过，我还是选择了并非没有风险的现实主义表现手法。

"嗯……天蓝。"

"你喜欢天空中有云还是没有云?"

"一两朵吧,别太多。"

"你的云,你愿意它们有清晰的轮廓吗?"

"不,我喜欢没有个性的云。"

"你的没有个性的云,你愿意它们待在法国还是被风吹到远方?"

"我愿意它们飘到俄罗斯,邂逅一朵俄罗斯的云。"

"嗯,不过,俄罗斯有很多云,你不觉得我们的法国云来到俄罗斯的云海中,很难只遇到一朵俄罗斯云吗?"

"不觉得,我们的云会一见钟情。必然是这样的,那时正值夏日,天空中只有一朵云,正是那一朵。"

"怎么才能知道一朵云是女的还是男的? 还有,你喜欢你的云是异性恋还是同性恋?"

"说到底,我觉得我更喜欢红色。"[①]

[①] 说到底,这段对话打动了我。

我陪露易丝来到火车站。我们在站台上亲吻。正在我的嘴唇触碰到她的嘴唇时，我的视线中出现了另一对同样在亲吻的男女。这一幕令我倒了胃口。我觉得这就像情人节在餐馆里吃饭，周边的情侣都在品尝同一款套餐。站台属于我，亲吻属于我们，我绝对不能和任何人共享这一幕。我要独自占有这个画面。我可不想让这一幕被这个恶心的大个子小胡子男人给糟蹋了，他正在张大嘴巴亲吻一个可能在网上结识的矮胖女人。我向露易丝解释我为什么中断了亲吻，她说："你疯了。"我忍着没说出"为你而疯"。这会令她前面那句话索然无味。我什么都没说，只是低下了头，和她在一起的最后几秒钟里，我宁愿低头凝视她的脚踝，当然我也喜欢她的鞋。我恨不得此刻去舔她的高跟鞋（这会让小胡子男人变得十分可笑，说真的，谁会在火车站站台上舔自己未婚妻的高跟鞋呢？）。是的，她说得对，我疯了，看到她离开让我发疯。我对于两个人的未来一片茫然。她是我的爱，这让我陷入了极大的困惑。很多年以来，我都觉得自己很孤独，而此刻我才发现，需要两个人在一起才会真正体会到孤独。她双脚踏上火车，火车开走了。看到站台一动不动让人受不了，站台停在那里，在巴黎，而火车却开走了。

　　刚到晚上，我就给她发了一条短信，问她是不是平安到达了。没有回音。我给她打电话，听到的只是接通的长音而不是她的声音。我无比焦虑，彻夜未眠，我一直给她发短信，却始终没有得到回复。第二天早上，我给她的学校打了电话，是女校长接的，告诉我说露易丝在上课。"您确定吗?"

　　"是的，三年级的……露易丝。"

　　"是的，就是她，她今天早上在学校?"

　　"嗯……是的。"

　　"您确信?"

　　"是的，我早上还和她一起喝了咖啡。到底什么事?"

　　"没什么……我就是想和她说话，就这样。"

　　"需要我给她留言吗? 或者让她给您回电话?"

　　我什么都没说就挂上了电话。这么说，露易丝还活着。露易丝回归了正常生活。但是露易丝不回我的电话。居然有人把另一个人晾在一旁，不肯发一个平安短信，这让我发疯。我尤其无法理解她的态度。我们在一起时真的很幸福，可是，我现在对这个幸福产生了疑虑。她当然不是装的，这不可能。现在为什么要这样呢？是我对女人一无所知吗？绝望中，我对热拉尔说了这件事，他却一点都不担心，高深莫测地对我说："女人的沉默恰恰证明她用情很深。"他总是表现得信心满满，但是在这件事上，我怀疑他是否正确。

露易丝沉默着，一天过去了，两天过去了。我开始思考："我做错了什么吗？做了什么伤害她的事情吗？"我把我们在一起的每个时刻分解开来，仔细回忆她都说过什么。从她的话语里也许能找出答案，明白她的态度。我很难过，谁处在我的位置上能不难过呢？我以为自己遇到了挚爱，可是这段相遇忽然人间蒸发了。我想去找她讨一个说法，热拉尔阻止我：

"如果不想和你好，她会告诉你的。"

"真的？"

"我和她一起待过，不能说了解，但有一件事我敢肯定：这是个优雅的女人，如果不爱你，她不会不给你只言片语。"

我觉得他说得没错，甚至对此深信不疑。露易丝会告诉我"结束了"，如果真的结束了。我回想着她最后的话："你疯了。"此刻我琢磨着这是可爱的疯狂还是令人焦虑的疯狂。我当时是有些发疯，只因为另一对恋人在同一个站台上亲吻就不想亲吻她了。这让她生气了？我再次陷入焦虑。她的沉默对我是一种折磨。

我没听老板的话，我开车上路去找她讨要说法。外面下着雨，我开得飞快，这样很容易车毁人亡。我迷失在绝望和狂热中。我回想起去找祖母的那天早上，完全是同样的精神状态。人们是否总是花时间做同样的事情？我又来到上一次路过时停留的加油站，我看着那些巧克力棒，手足无措。一时间，我仿佛听到了鹦鹉的声音。我转头朝收银员看去，明白了不是我觉得听见了鹦鹉的声音，而是确实听到了。他身后有个大笼子，鹦鹉站在里面的横杆上。我不知道在货架前站了多久，肯定很久，因为收银员向我走来：

"我建议您选 Twix。"

"噢？为什么？"

"因为是双份。"

我在想：整个人生都应该如此。每一次面临选择时，都需要听取一个能把控局面的人的建议。他说得对，Twix 看起来是很好的选择。付款时，我忽然有一种直觉：既然这个人了解巧克力棒，也许他在女人方面也有天分？这两者之间有很多共同点。

"我能问您一个问题吗?"

"可以。"

"是关于我的未婚妻的。是这样，我三天没有她的消息了，不知道她什么态度。之前我们一直很好。可是，她回到了自己家乡，就不再给我消息了。"

"也许出什么事了。"

"没有，我知道她没事。"

"这再好不过。"

"所以，我正开车去找她，想让她解释一下怎么回事。"

"噢……挺好的。然后呢?"

"我想听听您的意见。"

"我的意见?"

"是的……好比您给我建议 Twix。您好像很知道该做什么不该做什么。"

"您问我的意见?"

"是的。"

"您真的问我的意见?"

"是的。"

"回家，掉头，回家。"

"什么?"

"这就是我的建议，是最该做的。"

"……"

"您看起来筋疲力尽，失魂落魄。而且，您的衣服快湿透了。说真的，您想让她看到您这副模样吗？您一大早赶到，堵住她，就是为了让她给一个解释……不行，您得有点担当。她看到您，很可能还会觉得您可怜。对不起，很遗憾对您这样说话，不过是您让我出主意的，我愿意以诚相待……"

"是的，可是……"

"假如您真的去了，她会发火的。因为她会觉得您不尊重她的沉默，女人讨厌这样。"

"是吗？"

"不过我更相信，一旦紧张过去，她的恻隐之心也就回来了。"

"好吧，我要 Twix。"说这话时，我的目光看向别处。

"这就对了，拿上 Twix，掉头回家。"

我在车里坐了一会儿，消化着这位陌生人的激烈话语。我从后视镜里看着自己，我也没有他说的那么失魂落魄。但不管怎样，他的话至少让我停止了前行，虽然我还不能立刻回心转意。就是为了达到这个效果他才态度强硬吗？如果他态度温和，我或许就不会听了。我回想着他的话：看到我贸然前来她会讨厌的。但是我，我讨厌她置我于不管不顾的境地，讨厌她破坏了我们的美好感觉。我看到收银员还在透过玻璃悄悄看着我，我感觉鹦鹉也在盯着我。这个男人，我会按他说的去做。有时候，一个和我们没有任何关系的人会忽然起到决定性作用，当然，正因为是陌生人，他的话才有分量。我下了汽车向他道谢，我和他握了握手，这时鹦鹉说："一路平安。"

　　我一直开到下一个出口，然后掉转了车头。因为没有勇气一直开回巴黎，我在一家"一级方程式"酒店停了下来。我用信用卡支付了房费，这家酒店没有人值夜班。我在想，我的职业很快就要消失了。我就像超市的收银员，机器以后会比我更智能。不过，能够半夜三更和一个乌克兰游客言语交涉的机器还没发明出来。我带着这个不算太乏味的想法睡着了。这一夜我睡得很深很沉，感觉像是遭到了睡眠的绑架并且被击昏在床。我被房间里的电话铃声吵醒了，一个声音（很难分清是人工电话还是录音电话）问我是否要再住一个晚上。马上中午了，这个时刻对住店很关键，需要让客人决定退房还是续住。这个电话着实令我吃惊，因为我认为任何一个构造正常的人类都不会在这样的酒店连住两个晚上。这肯定是用一种礼貌的方式让我明白退房的时间到了，否则我的信用卡会被多扣一晚的房费。我仍然没有一丁点露易丝的消息。我很快冲了个澡，开车上了路。每次经过手机没有信号的路段时，我都希望再次联网时能收到露易丝的语音留言。无济于事：她并没有打电话，无论是在手机没信号的时候，还是当我像木雕一般守候电话（现代版的酷刑）的时候，结果都一样。

回到酒店以后，我投入到了工作当中。我保留了我的房间，我们的房间。睡在办公地点，这样对工作也更方便。白天，我经常留下来处理财务、后勤或订房的事务。有意无意之间，我正在接受热拉尔的建议，接手酒店的管理。但是我还不能承认这一点。有时候，我累得筋疲力尽，一时间不再想起露易丝。这时我就像完成了一项壮举，对自己说：哇，我把她从脑子里赶跑了六七分钟，把她从我的意识里驱逐了。有时候，愤怒会忽然来袭，我的太阳穴怦怦跳动。我诅咒她，再也不想听到她的消息。我的愤懑从精神上破坏了我们共同度过的时光。结束了，露易丝。永别了，露易丝。统统翻篇了。我换了房间，把我们的房间让给其他旅客住，让我们的回忆在其他人恶心的姿态中烟消云散，让那个房间里不再有我们爱情圣地的模样。我觉得那段时间对我来说格外漫长，可是我也不确定她不给我消息的时间是不是真的有这么长。我当时太难过了。现在我知道，即使她回来找我，也为时已晚了。

一天晚上，当我已经不再有所期待的时候，露易丝的名字显示在我的电话屏上。我曾经决意不再理睬她，但是我马上就接起了电话。我只说了声"喂"，我做不到向她表达愤怒。我曾经反复想过上百遍要对她说的所有话，但我只是接起电话，问道：
"你好吗？"其他什么都没问，她也没有做任何解释。我们就这么
说着话，有一搭没一搭，就好像她杳无音信的日子从来没有发生
过。过了一会儿，她终于试图向我解释了："我们之间进展得太
快了。回来之后，我才明白自己需要保持距离。我不能和你说
话。回来以后我每时每刻都在想你……我知道你一直在，现在我
知道你在我的生命里……这也让我害怕……"我沉默着没出声，
她重复道："这也让我害怕……"随后又加了一句：

"我害怕爱上你，这么快地爱上你。"

就用了十几个字，她就把我对她的积怨甚至是愤恨一扫而
光。我甚至还为她找借口，对自己说她是对的，换成我也会这么
做，退后一步，好好消化一下两个人的相遇。我是那么爱她，我
立刻想这都是我的错。她不给我消息我也不该焦虑，应该把她的
保持距离看成是因为幸福来得太猛烈太突然，让我们猝不及防。
我们每个人都算是暂时回归自我，而且我承认无需解释，我承认

爱情不用靠发信息书写。

56. 十三号高速公路收银员的回忆

自从在高速公路的服务区值夜班，他看到的稀奇古怪的事可太多了，很难说对哪一件事特别有印象。在各种小打小闹的场景中，他更乐于看到的是夫妻吵架。很多次都是男人离去，半夜三更把惊慌失措的妻子独自留下。相反的情况也有发生，他看到过男人留了下来，一无所有，像疯子一样走来走去。再有就是那些被抛弃的动物。那些人肯定是因为扔掉自己的宠物有负罪感，于是为了心理平衡把它们丢在加油站附近。这和把婴儿放在楼道里是一个意思。他捡到过很多次猫、狗、鸡、老鼠、仓鼠……甚至一只鹦鹉。把鹦鹉丢弃在高速公路上，这实在太奇葩了。然而，这应当是他最美好的一个回忆。当时夜半三更，他正在那儿抽烟，忽然看到一只小鹦鹉在笼子里。鹦鹉的目光有点落寞无助。他不知道该怎么办，鹦鹉当时的状态实在有些糟糕，它吃什么他全然没有概念。他把它带进屋里，打开了笼子，轻轻抚摸它。所有的客人看到鹦鹉都很高兴，他们会问："它叫什么？会说话吗？您养它多久了？"从干这份工作起，还没有人和他说过这么多话。这只鹦鹉让他建立起不可思议的联系。收银员照顾起鹦鹉，并教会了它对司机们说"一路平安"。

57

在露易丝需要用沉默来消化我们相遇的阶段过去之后，我们的故事又继续了。和以前一样，我们不停地打电话，发信息。不管经历什么事情，我都感到幸福满怀，只为着这经历马上就会转化成与她分享的体验。前几个星期的焦虑渐渐退去，我找回了自然的状态。露易丝经常周末来找我，我迫不及待地扑向她。平时两个人天各一方彼此想念，相逢时爱欲似火愈燃愈旺。我们的性行为也越来越自由放任。我问她会有什么性幻想，她就在我幸福的耳际悄声说些情色的话语。她和我玩"我是你的"游戏，对我说:"我是你的,你让我做什么都行,我的身体任你摆布,我的双唇任你亲吻。"她头发光滑,用发带系着,她没脱高跟鞋,呢喃着对我说一些德文词:"哦,是的,我太想要了。"这段耽于肉欲的激情时光妙不可言,时间在飞逝,快感在延迟。几个月就这样过去了,爱情被分解成两个时间段:平时是精神交流,周末是身体切磋。

转眼到了春天,我们对未来进行了一次具体探讨:我们怎么办?如何继续未来的生活?我说我可以去埃特达与露易丝会合,在附近找一份工作,随便什么工作。其余的时间嘛,我正好用来写作。是的,我又提到了写作,其实我已经不写了。我已然感受不到写作的欲望。我说要写作是因为我觉得露易丝喜欢。我开始觉得这一切不过是幻想,是一个夜间失眠的男人的任性行为。她轻声说:"给我读两段你写的小说吧。"她说这话的时候语气很温柔,我真该给她展示一页文稿、一页让我觉得自己可以成为最伟大小说家的文稿。我是她渴望的世界,这赋予我巨大的责任,我有义务不让她失望。她继续对我说："你能写，海边对写作肯定有好处。"于是我想象着自己漫步在海边，在海风的吹拂下构思一部鸿篇巨制。接着我想象到了晚上，如果没有写出任何东西可以对她讲述，该有多么令人沮丧。我感觉我来埃特达找她风险更大，于是提出让她到巴黎和我会合的想法。我告诉她，为了能够体面地生活，我会接受热拉尔的建议，做酒店经理。说实在的，我别无选择。找工作现在变得非常难。我的朋友们哪怕曾经学业非常优秀，毕业后也是一筹莫展。在我们这个年代，已经不能再去冒不面对现实的风险了。大家都不可避免地认为，工作机会的确太少，所以必须抓住。我可以根据自己的想法安排时间和团队。露易丝说："这主意不错。"不，她说的是："这主意太棒了。"她好像的确喜欢我做酒店经理，喜欢来巴黎生活。越讨论这个想法，她就越兴致勃勃。两个人生活在一起，可以请朋友和亲戚来酒店住，请所有想来看我们的人住。生活会很简单。

"可是，你在巴黎好找工作吗？"我随口问道，并没有想到这个简单的问题带来的后果。

"好找，我申请异地调任……夫妻团聚是可以异地调任的。"

"可是我们还没有结婚呢。"

"那好办，咱俩结婚!"

她随口就这样说出来了。而我，作为一个后青春期的浪漫男生，我一直想象着手持戒指屈膝跪地请求一个女生嫁给我。我的幻想被她从根处斩断。然而，我们几乎像儿戏一般继续说道："对，咱俩结婚! 太好了! 结婚! ……"当时我们正在酒店的房间里。我快速冲向迷你吧台，打开里面的小香槟，站到床上喊道："为我的妻子干杯!"她也站到我身旁亲吻我，喊着："为我的丈夫干杯! 为我的丈夫!"正是下午时分，星期六的下午，我们离开了酒店，我们穿越了整个巴黎。我们向几个朋友，也向几个路人宣布了这一喜讯，因为这一天每一位路人都是我们的朋友。我们来到酒吧，和素不相识的人一起庆祝。结婚的想法不请自来，仿佛出于很实际的考虑，却让我们俩欣喜若狂。想到结婚让我们倍感幸福，想到要办一场庆典也让人心花怒放。我们看不到任何的沉重，甚至我觉得，也无需说出厮守终生的诺言。我们在街上走着，脚踏我们的青春和我们的美丽，其实是我们的青春和她的美丽。我记得我们似乎穿越了整座城市，我们不停地走，仿佛照片里的人物。我当时傻傻地认为，任何事情都无法阻止我们。

　　我们走进了一家婚纱店。当时俩人已经喝了很多酒，可是我们要马上选婚纱。当露易丝想试穿某件婚纱时，手却指向另一件，她的手指头已经不听使唤了。售货员试图让我们平静下来，说道："二位听我说，婚礼是大事，是你们生活中最重要的日子，所以要严肃对待。"她用一流的办法把我们拉回正轨。她越认真我们笑得越厉害。最后，我们订了商店里最漂亮也是最昂贵的婚纱（我第二天早上才意识到这一点），露易丝穿起来会非常漂亮，露易丝将成为我的妻子。至于我，我买了一条漂亮的领带，一条黄色的漂亮领带。离开婚纱店以后，我说："应该通知我父母。"

　　"等等……跟他们建议我们明天去吃午饭，这比在电话里告诉他们更好。"

"好的，你说得对。"

我给父母打了电话，母亲说她很高兴第二天等我们回去。她好像很意外，因为我不常去看他们，反正我没有怀疑什么。其实这段时间，我经常和她在一起。我们一起午餐，一起看展览。她已经完全摆脱了抑郁症。然而，父亲有时候还是会打电话告诉我："你母亲有问题。"可是母亲却告诉我："你父亲太难缠了。他几乎从不出门，还总是唠叨同样的事情。"是的，他俩真是这么告诉我的，他们彼此争执属于家常便饭。我觉得他们二人都有高峰和低谷，但是目前，他们渐渐地走入了新生活。父亲明白了一些事情，主动参加一些活动。他在离家不远的电影俱乐部注册了会员。一开始我觉得意外，因为他从来没有真正对电影有过兴趣。他喜欢的电影应该是《泰坦尼克号》或者《教父》，可是现在他却对我谈起安东尼奥尼和小津。一天，他神情专注地问我：

"你在《奇遇》里看到这种省略的艺术吗?"

"看出省略的艺术，那可不简单。"这么回答他的时候我是想幽默一下，可他没听懂这层意思。虽然他改变了很多，可也别指望他会培养起幽默感。他对意大利电影还真的特别认真，并和母亲分享这个新的爱好，最近的消息是他们要一起去威尼斯电影节。所以，一切皆有可能。

星期天上午，我们头昏脑涨地醒来。看了露易丝片刻后，我问她：

"你要咖啡吗？"

"好的，要一杯。"

"你要羊角面包吗？"

"好的，也要一个。"

"……嗯……"

"什么？"

"……你还要结婚吗？"

"要……要……"

275

她吻着我说了第三个"要"。从她睡醒后的目光里，我看出她已经忘记了头天晚上的疯狂，但是结婚的决定仍然让她很幸福。我们准备去父母家，这是一个特别的时刻。我要带她去我小时候住过的房子，那里有我很多的少年回忆，而今要回家吃饭的我，转眼已是青年。我要去那里宣布我要结婚。今天对我而言，是生命中非常重要的一天，不是因为宣布结婚这件事，而只是因为想到在曾经为孩童之我的目光下，见证自己一路走来。

　　露易丝有些紧张，不过这没关系。我父母肯定会特别高兴。接下来几个月他们都有具体的事情要考虑，这也是他们梦寐以求的。筹办婚礼会让他们觉得自己有用。再说，他们很喜欢露易丝，每次见面，都被她的气度和友善打动。在第一次和父亲见面时，我在他的目光里觉察到一丝惊讶："这样一个女孩怎么会和我儿子在一起呢？"是的，这是我从他的目光中读到的。我不知道应该得出什么结论：是他觉得露易丝太优秀，还是他太不看好我？我更倾向于第一种看法，不过，鉴于他对我的一贯态度，第二种看法也是可能的。至于我母亲，我相信她曾经也很吃惊，因为在露易丝身上找不到重大缺陷或严重瑕疵，找不出什么让婚约失效的理由。看到我们一切安好、二人相处得非常融洽，看到我们用轻松简单的方式分享着真诚的爱情，这似乎让母亲很着迷。因此，父母看起来特别为我高兴。我从来没有看到过他们对任何事情特别投入或者持有热情，可露易丝的出现有如不期的奇迹，在他们身上激发起一种慈爱。

走出地铁快线，要上一个小坡。在星期六喝多了酒之后，这需要超人的气力。在父母家附近，我们停下来相互对视着。我对露易丝说："你真漂亮。和你在一起，不可能把星期天当成休息的日子。"她冲我噘了一下嘴，意思是："今天有什么地方出毛病了吧。"显然，说话打比方是可以互相传染的。不过，她的回答却是这样的："你看上去有点憔悴。"这下轮到我噘嘴了。于是，她亲吻了我。我知道，每一次她亲吻我，我都想把过程和感受描写下来。不过不用担心，不会持续很长时间，很快我就会忘记提起她的亲吻，或者只是因为亲吻没那么频繁了。露易丝说：

"我们不能空手去。"

"我们带来这么重大的消息，这可不算空手而来。"

"不行，得带一束鲜花，橙色的花应该很好看。"

她说得对。我们来到街角的花店。露易丝指着我对售货员说："我们要告诉他父母我们就要结婚了。所以，花儿要漂亮但是不能太艳丽浮夸，不能让鲜花喧宾夺主。"花店售货员先是祝贺了我们，接着圆满地完成了任务。几分钟后，我们来到父母家门口。露易丝很漂亮，我有点憔悴。我们捧着一束橙色的鲜花，鲜花很雅致，不会喧宾夺主。

我敲了敲门，没人出来开门，我又敲，还是没有人。我开始觉得有些奇怪，但愿他们没有什么严重的事情。露易丝说："他们肯定是出去买东西了。"

"你觉得？"

"是的，可能忘了买酒……也许是蛋糕。别担心。"

也许吧，可是我看不出他们为什么在最后一刻双双出门买东西。我正要给他们打电话时，听到了脚步声。母亲开了门，我什么都没敢问。为什么他们这么长时间才开门？我觉得露易丝和我想到了同一件事。其实……我很不想说……也许……他们光天化日里……不懂……不过这个想法有点让我倒胃口……算了，不想了。我们沿着走廊走进去。母亲接过鲜花，说它们很漂亮，随后又看着露易丝说："和你一样漂亮。"紧接着她把目光投向我，我提前把她的想法说了出来："是的，我知道，我今天很憔悴。"

我们跟随母亲来到客厅。父亲坐在那里，正在喝着什么。他的样子完全不像一个刚刚有过性生活的人。有什么东西和最后这几分钟对不上，不过算了，家里气氛古怪我已经习以为常了。毕竟，母亲刚刚结束了一段走向疯狂的旅程。我没带香槟，因为我知道父亲总是开一瓶香槟当开胃酒的。但是此刻，没有香槟的影子。我向他问好，他没回答，只是略带紧张地笑了笑。我接着说：

"你不开一瓶香槟酒吗?"

"香槟? 现在?"

"是啊……不总是要开香槟吗? 不是吗?"

"是的, 是的, 当然……"

母亲回到了客厅, 带着放在花瓶里的鲜花。她又说了一遍: "这些花太漂亮了。"不过她加了一句: "想到它们会凋谢, 太可惜了。"随后出现了一段空白, 她的话莫名其妙, 我们也没太懂。这时, 父亲用仿佛觉得不可思议的口吻对母亲说:

"他要开香槟。"

"香槟? 现在?"母亲回答, 口气和父亲一样。

"你们俩好奇怪。"我说道。

"是的, 今天最好喝香槟。我们有重要的事情告诉你们。"露易丝用欢快的语气说着, 为的是给这个忽然像实施了安乐死一般的星期天注入一点生命力。

"我们也有重要的事情告诉你们。"母亲小声说。

"……"

"坐吧。"

我们俩坐了下来。母亲的话让我浑身发凉，我感到发生了严重的事情，心想可能父亲得癌症了。不知道为什么，但是我真的只想到这一种可能。他最近几个月心情这么焦虑，我怀疑癌症已经转移了。我看着父亲，说不出话来。母亲简洁地打断了我的思绪，宣布道："是这样……难以启齿……可是，你父亲和我，我们决定离婚。"

58. 电影《教父》（1972）的回忆

弗朗西斯·福特·科波拉应该把《教父》拍摄过程中遇到的波折再拍一部电影。这部电影可能会和《教父》本身一样跌宕起伏。制片方在拍摄初期就想方设法要换掉他，觉得他不适合做这部电影的导演。对阿尔·帕西诺也如此，他是科波拉强加给剧组的无名演员。整个派拉蒙都不待见科波拉。神奇的是，他成功地说服制片方接受了他，也接受了他对这部电影的具体设想。

马龙·白兰度的出演当时也遇到了困难，尽管后来他凭借维托·唐·科莱昂的角色荣获了奥斯卡最佳男主角奖。制片方不想用他，是因为他不听话的名声在外，还要为他支付天价保费。科波拉不让步，于是派拉蒙高层提出让马龙·白兰度试镜。"什么？你们真的疯了！让白兰度试镜！让当红的顶级明星试镜!"可是他别无选择，只能服从。不过，科波拉不可能告诉白兰度要试镜，如果实话实说，白兰度肯定不会参演。最后，科波拉使用了一点手段，让白兰度以为是要灯光测试。白兰度真的相信了这个把戏吗？未必。因为就是在这一天，他找到了能让他出演唐·科莱昂的制胜法宝。在试镜过程中，他走开到他包里翻找什么东西，回来时嘴里塞了两团棉花。这一下，一切都变了：他的面部表情、说话的方式以及人物力度。科波拉永远都不会忘记这个时刻带来的震撼：在他脑子里徘徊了好几年的那个人物、由马里奥·普佐创作的那个科莱昂，突然间出现在那里，站在他面前，一个梦寐以求的人物形象闪亮登场了。

59

过了一会儿，母亲问："对了，你们不是要告诉我们一个好消息吗？"我们说没有，没有，不记得说过这话。我们不会在他们把离婚的消息扔给我们这一天宣布我们要结婚。我们来的时候兴高采烈，满怀对未来的期望、对婚姻的庄严承诺，可他俩却用自己婚姻的末日欢迎我们。这会不会带有某种象征意义？是不是父母打算破坏掉我所有的幸福时刻？吃饭的时候我俩就像影子，略带尴尬、小心翼翼地把幸福隐藏起来。父亲说道：

"太奇怪了，昨天你打电话说来看我们，就好像你知道了什么一样。"

"我们着实吃了一惊，"母亲接着说，"本来还不知道怎么对你说，我们觉得当面告诉你比打电话好。"

"……"

"你没事吧?"看我一直沉默,母亲有点担心。

"没事,没事,还好。我就是有点吃惊,我本以为你们经历了也战胜了很多考验,会开启新的旅程。"

"是你母亲要开启新的旅程!"父亲忽然激烈地说道。

"噢,得了!别说了。"

"不行,你得告诉他们!告诉他们呀!"

"告诉什么?"我问道。

"没什么可说的,就是我遇到了一个人。就这样,在所难免。我们是在医院遇到的,他是德语老师,因为受不了在郊区工作,忽然就抑郁了。不过现在他好多了。我觉得我们相识对彼此都好,他特别……"

"够了!告诉他们他多大年龄。"父亲打断道。

"……"

"他和你一样大!是的,和你一样大。是一个年轻教师!"父亲看着我,疯子一般地喊道。

"真的吗，妈妈？他和我一样大？"

"是的，是真的。其实，我想他比你还小一点……不过，年龄不算什么！和他在一起时，我在表达，在体验，我有话说。我受不了你父亲了。和他在一起过得太憋屈，从来没有痛快劲儿。如果要去什么地方，他得先在脑子里磨叽两年。"

"当然和你是不一样的！你磨叽两秒钟，两秒钟对你足矣。我说两秒钟都是客气的。"

"你真粗俗。"

"你真小气。"

"你自私、吝啬。"

"你傲慢。"

"你臭气熏天，到处散味。"

"你可是跟一个孩子上床！还拿屎尿屁当借口！娈童癖！"

"你小鸡鸡。"

"你性冷淡。"

"和你当然冷淡了！你能让有性瘾的人变成性冷淡！"

"啧啧……这话太恶毒了！也太低级。"

"当然了，某先生现在层次高！某先生看安、东、尼、奥、尼！可是你什么都不懂！看得出来你根本不懂，不过是在装腔作势！说实话，和你在一起待十秒就知道你不可能理解《奇遇》。"

"什么？我，我不懂《奇遇》?!我，我不理解《奇……遇……》?"

"就是，我肯定你完全不懂。"

我们也正是在这个时候离开了他们。我们没有听完这场发展成令人吃惊的电影爱好者之争的争吵。我父母在新仇旧恨中不能自拔，甚至都没有试着挽留我们。露易丝和我安静地坐上了地铁快线。这个周末我们就像坐俄罗斯过山车一样，先是品着浪漫的小酒一点一点上升，此刻却骤然跌落在清醒的、令人猝不及防的现实中。

"这就是夫妻吗?"过了一会儿，露易丝低声说道。

"求求你，别拿我父母当榜样。他们从来没有相爱过，我不是爱情的产物，而是一时怪诞的结果。"

"什么怪诞?"

"他俩结合的怪诞。我从生下来后一直在观察他们,他们各自都奇怪为什么会在一起。我父亲不明白为什么和我母亲在一起,我母亲也不明白为什么和我父亲在一起。当然,你会质疑这是不同的感受。我父亲能娶到我母亲感觉很意外,而我母亲则需要努力消除每每看到我父亲时的失落感。"

"我不同意。虽然我和他们见面不多,但是我感觉他们是相爱的。我甚至觉得他们在故意表现各自的不同。我肯定他们之间有爱。"

"是的,可能吧。我总在想,在我睡觉时,或者一整个夏天把我扔到恶心的夏令营时,他们在疯狂相爱。"

"不管怎么说,你父亲肯定还爱你母亲。"

"我也不知道这是不是爱,他对孤独充满恐惧。况且现在……来了个小情人……你想想,我都比他大……"

"是的,的确,这不大好办。"

"那家伙,和我母亲在一起……可能他母亲和我母亲年纪差不多……太奇怪了……"

"不管怎样，不奇怪当不了德语老师。"露易丝说这话是为了逗我笑（她知道我对这门语言有某种情色迷恋）。

刚刚经历的这一幕让我和露易丝讨论了很久，奇怪的是这让我们很受益。我们谈到对婚姻、爱情和生活的看法。也许这会让我们的结合更加牢固？也许目睹另一对夫妻的解体也是有必要的？父母的疯狂本来令我们焦躁不安，现在却让我们的关系比以往更坚不可摧。我们想结婚，信心更加坚定。我们幻想着向世人（也向我父母）展示爱情可以很强大。看到别人的感情世界伤痕累累，而我们的爱情乌托邦蒸蒸日上，想到这里便让我激动不已。

接下来的另一个情形平息了与我父母共进午餐带来的创伤，那就是向露易丝的父亲宣布我们要结婚的消息。他特别高兴，甚至，我必须承认，我觉得他有点过于激动了。他盯着我的眼睛对我说："现在你就是我儿子了。"哦……是的，好吧。只是我还需要时间去适应。不过，看到这个失去了妻子、失去了过日子滋味的男人为我们由衷地高兴，我还是特别感动。他在和女儿的关系中温情脉脉，最初令我有些不知所措，后来，想到他的宽厚善良，我内心中浮现出感动。在饱受孤独折磨的童年里，我经常梦想着有另外一个家庭让我感受到关爱与尊敬。眼下在这个男人身上，我感受到做他的"儿子"能够体会到的所有温情。他觉得我经营一家酒店特别棒，问我：

"这家酒店几个星？"

"两星。"

"那么，如果我女儿和你在一起，它就有三星了。"

我太喜欢这句话了，有好几个月，我都管露易丝叫"我的三星"。

我们在夏初结了婚，婚礼很欢快，来的都是亲人和熟人。为了不破坏气氛，我父母付出了超乎常人的努力。他们见到谁都笑，咧着嘴巴，像某个牙膏品牌的代言人。我好几个月不见的高中朋友都来了。我很骄傲能分享我的幸福，让他们认识我的妻子。我觉得说"我的妻子"很酷。此刻我幸福无比，感觉在漂泊了多年之后，终于穿上了走入社交生活的正装。领略到寻常生活的美好让我狂喜不已。露易丝说"我愿意"，我也说"我愿意"，之后我们亲吻了，我认为这个亲吻是一部我永远都写不出来的小说。

60.露易丝父亲的回忆

他时常回忆起与妻子在一起的最后一个夜晚。那几个星期他工作很忙，回家很晚。他开了一家制伞厂，雨季即将到来，需要加快生产节奏。最后那天夜里，他快十一点才到家。他吃惊地发现妻子已然入睡，通常，她都在看电视或者读书，很少十二点前睡觉。他走进卧室时，妻子醒了，她打开灯，看着自己的丈夫，问道："你饿吗?"他回答说在办公室吃了点东西，还可以。于是妻子熄了灯，他也上了床。这天夜里，她突然去世了。妻子说的最后一句话就是"你饿吗?",他总是在回味这句话,觉得妻子这种伴着温存和担心的问话方式很美,从中可以感受到妻子对他的关怀呵护。即使现在妻子已经离去,他觉得她依然在照顾他。

61

现在我要讲一讲在日复一日既疯狂又节制的日子里,生活是如何前行的。当我要把这段时间的回忆记录下来时,我才发现婚后的日子过得风驰电掣一般。之前我从来不曾感受到日子过得如此之快。在少年时代,我甚至观察过秒针的走动,秒针慢得可怕,仿佛是给垂死的人打点滴。也许幸福的主要特征就是感觉到时间在加速飞奔?因为我们曾经很幸福,至少我真的这样觉得。

露易丝搬过来和我一起住在酒店里,并且成功地调到了十三区的普里莫·莱维小学。新的生活让她心花怒放。我觉得她和她父亲拉开一点儿距离也能让她放松些。自她母亲去世后,她和父亲组成奇特的二人组，家庭悲剧让父女俩相依为命，在悲痛中难以自拔。彼此保持一点儿距离对他们二人大有好处。她父亲又开始出门见朋友，参加社交活动，又觉得生活就是要活在当下。他时不时来看我们，每来一次我对他的喜爱就更多一点。为了让他开心，我会做一些安排，当然，每次都让他住酒店最好的房间。晚上我们会一起喝杯酒，露易丝备课的时候，我们就聊东聊西。他给我一些酒店管理的建议，当然，客房和雨伞的共同点不多，不过他在市场营销，尤其是与员工的关系上经验丰富，这对我很有用，特别是现在热拉尔去了澳洲和孩子们团聚，对酒店已经完全不管不问。说起来，我对工作尽心尽力，热拉尔也没什么可抱怨的。我发现自己喜欢处理具体事务，乐于把一切安排得井井有条。其实，我有做一名酒店经理的灵魂，此时的我与舞文弄墨已经彻底拉开距离了。然而，露易丝却不停地跟我谈起我的写作计划。她一直不接受我离文学艺术已经越来越远的事实。她一再说，无论如何我要给自己留出写作的时间。所以，为了不让她失望，我在酒店不远处租了一间保姆房。我在里面放了一把椅子和一张桌子，很快又放了一张沙发床。我时不时过去一趟，让自己躲藏在这个才思枯竭的殿堂里。我呆若木鸡，大脑里空空如也，之后就打开沙发床睡觉了。

结婚两年出头时，我们刚有要孩子的想法，露易丝就怀孕了。怀孕之神速让我们既吃惊又欢喜。我们的确想做父母，可原本是想慢慢把这个想法变成现实的。应该理解成是这个孩子太想来到这个世界了，他有重要的事情要表白，所以在第一次未采取保护措施的性爱之后，他就迫不及待地来了。或者，还有另一个假设：我的精子超级强大。为了庆祝怀孕，我们决定在巴黎来一段长长的漫步①。没有大餐，没有礼物，只是沿着塞纳河边漫步。

我们很快就把消息告诉了露易丝的父亲。他用一种非常令人惊讶的方式宣布："我来给宝宝送第一把雨伞！"我本以为是听到消息时他心里没有准备，随口说出了第一个想到的物件，至少我

————————————
① 这次漫步是我人生中十大美妙体验之一。

是这么认为的。可完全不是这样，他真的送了一把刻着孩子姓名首字母的雨伞。对他来说，这是显示家族传承的一种方式。此时此刻，我才真正明白他的确对自己的职业充满了激情，他深深地喜爱着雨伞。有好几次我都注意到，一看到天气转阴他就特别高兴。他特别乐意对大家宣布："好像要下雨了。"一切都是其来有自的，比如在季风时节他就会去爱尔兰或亚洲休假。他能一连几个小时谈论下雨。他觉得下雨证明天空很敏感，证明世界有一颗心。我觉得这很诗意，我尤其喜欢他以这样的方式让自己的职业变得动人。反过来，我也可以为酒店客房找找理论依据啊。可是找来找去，我也找不出什么敏感的证明。

当露易丝告诉我她怀孕时，我确信我们会有个女孩儿，我们会给她起名叫爱丽丝。她会有着长直发。我仿佛已经看到了爱丽丝弹钢琴、去学校学德语。我为这个小姑娘做出了各种想象，然而，超声波显示的结果终止了我对父女关系的幻想。我记得过了好几分钟我才回过神来，说道："太好了，我可以和他打网球，找一个搭档是很难的。"露易丝对我说："你疯了。"我立刻焦虑起来，上一次她和我说完这句话之后消失了很久。我把她紧紧搂在怀里，生怕她跑掉。我又一次对她说："太好了。"这天晚上回到酒店以后（现在我们需要找一处公寓了），我们一晚上都在看超声波视频，就像在看最动人心魄的动作片一样。

当然，我也要把这个消息告诉我父母。他俩离婚后，我和他们的相处变得很复杂。每次去看父亲，他都问我："有你母亲的消息吗?"天天想着母亲步入歧途，这让他萎靡消沉，愁眉不展。他对我说："不明白她怎么了，我一直对她挺好的，我是一个好丈夫。说真的，我不懂。"我很替他难过，因为他是真的痛苦。可事已至此，他应该尊重母亲的选择。我总是尽我所能去安慰他，但无济于事。于是我减少了去看他的次数。当我告诉他孩子的消息时，他的脸上突然泛出光彩，仿佛我给了他重新生活的理由。他的过度反应让我有点害怕。他说要带孩子去这儿去那儿，说必须带他去大峡谷，还说当孩子十八岁时，他俩要去埃菲尔铁塔顶层用晚餐。我不得不让他平静下来："孩子还没出生，你已经给他做十八岁的计划了。"他承认自己想得有点儿太远了，并就此打住了与尚在我妻子腹中的胎儿出行的各项计划。他的热情其实让我有些难过，因为他从来没有带我去过任何地方。他是想通过我的孩子来补偿这么多年对我关爱的缺失吗？算了，此刻我也不想对这些问题纠缠不休，不管怎样，这件事让他很高兴，这就够了。母亲也表达了喜悦之情，我曾经担心宣告她即将成为祖母也许会折断她飞往青春的翅膀，但是没有，她觉得我有孩子太棒了。前不久，我和她的小男友见过面，我告诉她这件事时，他正好在场。母亲不停地对他说："你知道吗？你要做祖父了！"我特别尴尬，但是什么都没说。我低着头，巧妙地避免和他目光接触。其实他面对我也尴尬至极。可是母亲对此却没有半点意识，继续高兴地笑个不停。我必须说，虽然有点儿疯癫，她却让我很感动。我觉得她鲜活有趣，她让我也笑了起来。

我们搬到了离酒店不远的一处公寓，出于迷信，我们让即将出生的儿子的房间先空着。一个星期天的早晨，露易丝宫缩比平时厉害，她疼醒了。预产期是三个星期后，但是，不是说过精子强大嘛，也许我儿子要比预计时间出来得更早。他着急要见我们，他优秀的父母。我叫了一辆出租车，直奔医院。司机开始和我们说起话来。

"生孩子就是找麻烦，不信你们看吧。"

"哦，好吧……"

"都是白眼狼。你把一切都给他们，他们会把一切都带走。尤其是男孩，我希望你们的孩子不是男孩，对吧?"

露易丝疼得厉害，她期望一切顺利。自从怀孕以来，这是我第一次看到她如此焦虑。我握着她的手，司机还在愚蠢地对我们唠叨，我没搭理他。一到医院，露易丝就被收治，住了进去。一个护士肯定地说，我们的儿子很快就会临盆。然而，分娩的过程很漫长也很痛苦。我不知道确切有多长时间，感觉至少有十六个小时。儿子穿越了漫长的隧道，用哭声宣告了自己的到来。我在另一个房间给他洗了澡，随后我们回到新妈妈身边。孩子被搁在露易丝怀里，她似乎很害怕。

"亲爱的，你还好吧?"我问她。

"嗯……是的，还好。"

"你好像有点儿不开心。"

"我累了，没别的。"

"是的，我理解……你需要休息。"

她把孩子放到身旁的小暖箱里，随后问我:

"你能让我一个人待一会儿吗?"

"你不愿意我待在你身边吗？万一你需要什么呢？我可以睡沙发床。"

"不要，求求你。让我自己待着吧。"

我走出了医院，刚刚这几分钟的情形让我有些心烦意乱。我们没有表现出一丁点喜悦之情。我应该尊重妻子的愿望。但是在她的脸上我还读到了疲惫以外的东西，况且，再累也不妨碍微笑啊。怎么也得让这一晚过去。我不想马上回家，于是来到家对面的酒吧要了一杯啤酒。我翻动着手机电话簿，想找个朋友庆祝一下。刚刚做父亲的男人都会这么做，不是吗？奇怪的是，这天晚上我宁愿独自一人度过。露易丝的态度给我的热情泼了一盆冷水。我觉得她的忧戚肯定和她母亲有关。当时这样想也是为了掩盖由于想到未来的日子而忽然出现的焦虑。

好几个星期里，我们的生活就像在过山车上旋转，喜怒无常是家常便饭。这不，第二天早上，露易丝就用灿烂的微笑迎接了我。她容光焕发，绽放出新的美丽。她让我抱我们的儿子：你看他多漂亮，看他多乖。儿子的口水蹭到我身上，我喜欢他的口水，这是世界上最美的口水。我脚踏实地走进一个平行世界，在这个世界里，我永远无法真正客观地评价这个人类小东西。

"你和父母说让他们过来了吗？"

"没有……我不知道你会怎么想，我想也许你愿意一个人待着。"

"不，我还行。让他们来吧，当然，分别来。我父亲今天早上坐火车赶过来，应该快到了。"

我父母分别来到了医院，这还是很令人愉快的。他们各有各的故事，各有各的生活经验。虽然我不同意，母亲还是在孩子嘴唇上滴了一滴香槟。"噢，不会有事！"她的语气非常肯定，但有点儿让人受不了。当天晚些时候，我儿子应该酒醒了，父亲来了，他问："我的小孙子叫什么名字？"

"哦……"

"什么？"

"还没选好呢。"

晚上，只剩下我们俩时，露易丝说："现在的确该想个名字了。"孩子早早到来让我们措手不及，我俩还没有就取名达成一致。所以第一天就有些滑稽，我父母，还有来看孩子的人都没法称呼他。他们说"孩子"或是"宝贝"。他匿名来到了这个世界，仿佛一部无名小说。

我想到了所有我崇拜的文学艺术家的姓名：费奥多尔·陀思妥耶夫斯基，弗兰克·扎帕，弗朗索瓦·特吕弗，阿尔伯特·科恩，伍迪·艾伦，伊戈尔·斯特拉文斯基，热拉尔·德帕迪约，约翰·列侬，米盖尔·安杜兰，韦恩·肖特，威廉·德库宁，阿比·瓦尔堡，阿兰·苏雄，马克斯·雅各布，吕迪格·福格勒，米兰·昆德拉，卡西米尔·马列维奇，齐内丁·齐达内，维托尔德·贡布罗维奇，谢尔盖·普罗科菲耶夫，克洛德·索泰，亚瑟·叔本华，保罗·艾吕雅，瓦西里·康定斯基，菲利普·罗斯，皮埃尔·德普罗日，布鲁诺·舒尔茨，米歇尔·维勒贝克，查特·贝克……还有……露易丝打断了我的思考："应该叫保罗。"我们都同意"保罗"这个名字（它本来也在我的名单上）。

就这样，保罗开启了他生命的篇章。

62. 韦恩·肖特的回忆

韦恩·肖特是伟大的萨克斯演奏家，迈尔斯·戴维斯神秘五重奏乐团的成员，以蓝调为标签，肖特代表了一种十分优雅的爵士乐。一九七〇年代，他和其他明星创立了"气象报告团"乐队。他们不停地举行音乐会，时间流逝，一九九六年夏天，乐队来到了尼斯。韦恩·肖特的妻子和侄女原本计划和他在尼斯会合，可是她们却永远无法到达了。环球航空公司从纽约飞往巴黎的飞机失事坠落，她们不幸成为遇难者。听到这个消息时，韦恩·肖特一动不动。音乐会组办方启动了取消晚会的程序。韦恩·肖特只说了一句："必须演奏。"他记得当时脑中只有一个念头：应该让自己马上躲藏在音符中。

63

开头的日子很不容易，实在没什么让人兴奋的。保罗精力非常旺盛，睡得很少。露易丝很快就停止了母乳喂养，说这太受约束了，而我觉得是因为她不喜欢喂奶。我俩夜里轮流照顾小孩。我抱着保罗在房间里转圈，给他读米兰·昆德拉的《不能承受的生命之轻》，但似乎不大管用，昆德拉对婴幼儿催眠作用不大。我又尝试读普鲁斯特，这次效果比较好，读了几页之后，我就能把他放回小床里了。他会给我们几个小时的喘息时间。不幸的是，当知道只有几个小时有限的睡眠时间时，就难以成眠了，经常是我刚睡着保罗就醒了过来。因为我得很快回去上班，有时候我就利用酒店的空房在下午补个觉。这样也还能对付过去。

　　露易丝不喜欢那段日子。现在因为有了时间距离，我能清楚地意识到这一点。但是当时，我并没有觉察到她的感受。应该差不多就是人们常说的产后抑郁症吧。她感觉很沮丧，在我们为数不多的谈话中，她总是在强调某个奇怪的点：

　　"我不明白为什么有时候会感觉很糟糕。"

　　"你感觉到什么了？"

"保罗特别棒，什么都挺好，我却感觉内心无比空虚，觉得自己要坠落到一个深洞里。"

"可能你天生就不喜欢闲着不动。还是回去上班吧，这肯定对你有好处。"

我虽然这么说，心里想的却是永远都不会有治愈我们神思恍惚的良药。她不明白，我更不明白。有时候我看着她，却感觉她在逃避我。在那段时间里，我实在太累，根本感觉不到痛苦。我的日程排得很满，尽量不留思考的空间。不过，必须说，我们的生活并不总像万花筒折射出来的样子，我们也会幸福无比。当我们把保罗抱到床上，当他向我们灿烂地微笑时，生活的沉重忽然消失得无影无踪。此时此刻，他把热度、无邪和信心满满的喜悦呈现给我们。露易丝和我，我们亲吻在一起，心里想着我们是彼此相爱的。

随后，我们又开始吵架。和露易丝正相反，我对吵架特别敏感。我忍受不了歇斯底里和大喊大叫。有时她发脾气纯粹是因为需要发泄，而我这边却是负能量不断聚集。她发完脾气很快就忘记了，我则需要好几个小时才能消化掉。所有这些都让我受不了。我知道这都是因为睡眠不够，但是我觉得很多话说出去就收不回来了，再也无法回到从前的温情时刻。我们也会用亲吻和解，但是有些东西被毁坏了，爱情产生了裂痕，而此时，我们的爱应该比以往任何时候都坚固才对。

露易丝上班后情况有所好转。重新和孩子们在一起，她又找回了快乐。为了照看保罗，我们费尽周折找到了一个特别能干的波兰保姆。保姆上班以后，我对露易丝说："希望她不会往奶瓶里兑伏特加。"我承认，这不是我最辛辣的幽默，但是至少能博得露易丝的哪怕一丝微笑吧。片刻之后，她的确微笑了，为了让我高兴。这个微笑，我认为是一个新的开始。保罗现在能睡一整夜了。几个月以来，幸福的降临让我们手忙脚乱，现在我们终于解脱了出来。

有时候，我们晚上找人照顾保罗，自己过二人世界。人们常说:"应该给自己留出时间。"好吧,我们很听话,按大家说的去做。我们听从过来人的建议,无数人都在这条幻灭的道路上走过。

不过我必须说,我们还是很好的。我们的爱情恢复了活力,甚至性生活也可圈可点。生活重新充满了色彩,我为此拿起了相机。保罗生活在闪光灯里,他就像一个日本摄影爱好者镜头里的一座纪念碑。我给他拍了无数张照片,因此他生活中的每一天都变得令人难以忘怀。我也给露易丝拍照,我喜欢透过镜头看她的脸。我会发现新的细节,我想,在她身上还有很多我尚未发现的东西。

"咱们俩得出去旅行一次。"

"留下保罗?"

"是的,他现在两岁了。咱们俩出去四天,这对我们有好处。"

"好的,"露易丝同意了,"可是去哪里呢?"

"去某个城市?"

"不……我喜欢海边。"

"那么,可以去巴塞罗那。"

就这样，我们来到了巴塞罗那。这座城市很简单，让所有来的人都喜欢。我想我更喜欢布拉格或者圣彼得堡，但是，最终这个选择也很好（几乎很好）。

在飞机上，露易丝不停地说："希望一切顺利。"在这次旅行中，我比平时更加意识到露易丝把儿子留下来所感受到的焦虑。我们把孩子交给了她父亲，老人很高兴能享受四天的爷孙生活。他到我们家住，保姆也会过来帮忙，实在没什么可担心的。到达目的地后，我们直接叫了一辆出租车开到海边。露易丝开始放松下来，对我说："谢谢你，亲爱的。到这里来真好，简直太棒了。"的确非常棒，至少开头是这样的。我们的房间富丽堂皇。在酒店里，我忍不住观察酒店运转的每一个细节：当一个酒店经理入住另一家酒店时，他并不完全是在休假。第一天，我们一整天都待在床上。天气很好，我把客房的窗户半开着，我们被加泰罗尼亚的温情摇曳着。城市地图在枕边打开，我们说"要去这里"，或者"得去那里"，但是到目前为止哪里都还没有去，我们正参观城市最漂亮的地方：我们的床。

第二天，我们来到桂尔公园散步。公园的设计者是高迪，这个仙境般的地方更像是出自格林童话里的梦境。这里的房子看上去像香料面包。我喜欢和露易丝在这里的散步，仿佛在参观一处摆脱时空限制的场所。每隔三个小时，她都要给父亲打电话，看看有没有事。我们能听见保罗的声音，两个傻瓜争相把耳朵贴在同一部手机上听一个孩子的喘息声。露易丝的父亲显得很高兴："噢，你们那里有阳光？巴黎正下雨呢！"他说话的语气就好像跟他相比我们遭到了惩罚一般。挂断电话以后，我们就拿他对下雨的执念打趣。随着年龄的增长，个人癖好也与日俱增，最终一个人的个性可以只归结为几个细节。露易丝的父亲现在几乎只谈论下雨。我担心他会为了展示自己的热情带我儿子去散步，冒着让孩子患上气管炎的风险。

接下来的那天夜里，出现了一个奇怪的时刻：我们同时睁开了眼睛，在昏暗中两个人默默无语，四目相对。我把手在她的脸颊上放了一会儿，她也把手放在我的脸颊上，两个人的温情如梦境一般，我们用沉默叙说爱的话语。客房里漆黑一片，然而那一刻我却在想，巴塞罗那是世界上最美丽的城市。接着我们又睡着了。一大早，我还在床上，露易丝很快穿好了衣服，她说要出去转一圈。她亲吻了我一下就溜了，这让我没有任何可能陪她一起出去。我不知道她去了哪里，也不知道她要出去多久。中午时分，我开始在屋里打转。我是不是也应该出去转一圈？还是继续在这里等她？我下楼买了一包烟。我并不觉得饿。我伏在窗边抽了至少一个小时的烟，吞噬着胸中升起的某种愤怒。她把这场出行全毁了。我甚至无法给她发短信，显然，她是故意把手机留在了桌子上。她用这种方式告诉我：不要和我联系。快两点时她回来了，像没事人一样。平时，一看见她，所有对她堆积起来的愤怒都会烟消云散。她的目光是那么纯真，能让人原谅她的一切，她从来不像一个犯错的人。可是这一次却不一样：

"你怎么也要告诉我你要离开这么长时间呀！"

"我进了一家博物馆，没注意时间……对不起。"

"对不起也不行！我们是一起出来度周末的……你跑出去好几个小时……我呢，这几个小时我干什么？如果你告诉我回来这么晚，我也出去转了。你只想着你自己！"

"哦，行了！没那么严重，不至于！你不是总说喜欢一个人待着嘛。"

"是的，但不是这个时候。咱俩是一起出来的！你简直让人受不了！这假期我是无所谓了！你一个人去逛吧！"

"别……"

"为什么别！！！"

她靠近我，我粗暴地将她推开，她跌坐在地上。我控制不住自己的愤怒，拿起一盏灯朝墙上摔过去。这是我平生第一次这么狂躁。灯被摔得粉碎。我本想任由愤怒肆意发泄，像一个摇滚明星那样砸碎酒店的客房，但是这样的事情永远不会发生在我身上。我经历的事情往往带着几分尴尬，几分不尽人意。能想得到吗？灯摔到墙上时，一块玻璃碎片反弹回来，刺到了我的眼睛下方，划破了我的脸。我在镜子里看着自己，脸在流血。我被吓傻了，立刻明白自己差点弄瞎一只眼睛。后来，我在本子上写道："爱情让人几乎失明，差之毫厘。"露易丝的确被我的暴烈态度惊到了。过了一会儿她才反应过来，她快速冲向我说，必须马上去医院。

我们来到了急诊室，露易丝让一个男护士看我的伤势。护士用英语问我是怎么弄的。很遗憾我们俩英语都不太好。我试着蹩脚地说了点儿什么，其实我也不想说出发火的实情，我应该是表达得乱七八糟，也把他弄得一头雾水。我不清楚他到底听懂了多少。露易丝主要是讲德语，为了让彼此听懂，她问西班牙护士说不说德语。可以想见，此刻护士露出了更加吃惊的表情。按说，这个男护士应该是见惯了各种奇葩情况的。可是现在，面对两个法国人，一个满脸是血，一个要和他说德语，他肯定犹豫过要不要把我们送到精神科。检查了伤口之后，他说我很幸运（这一点，我早就知道），接着又给我缝合了几针（这一点，我感觉得到）。露易丝握着我的手，给我鼓劲。"马上就好，亲爱的。"她说道，温柔再次回到她身上。几分钟后，缝合完毕。我在镜子里看着自己，露易丝也来到我身边，两个人一起对着镜子看。我感觉镜子里的人不是我们俩。忽然，我们大笑起来，我们真是疯了。我喜欢生活中与爱的伤痛有关的这些时刻，它们变成了梦幻般的陨石。我们永远都不会忘记这一天。

"多美妙的旅行。"我说道。

"肯定没有人参观过这家医院。"

"你疯了，不管怎么说。"

"你病了，我发现你还很暴力。"

"你飘忽不定，难以捉摸。"

"你也一样，你总在做梦。"

"至少，梦很轻。而你，你很沉。"

"我有密度，这不一样。你缺乏细致把握，这是你的问题。"

"露易丝……我的问题，就是爱你。"

"我也爱你，但是对我来说，你应该是给答案，而不该是出问题。"

"我知道一直说不过你，你这么心灵嘴巧的。至少，今天我只用一只眼睛看你，就当是挂了免战牌。"

"即使用一只眼睛，你也觉得我漂亮吗?"

"是的，你就像日蚀。"①

我们离开了医院，像如影随形的恋人一般。露易丝提议我们一起回到她独自去过的那家博物馆，她想用这样的方式弥补自己上午的做法，抚慰这个没有我的时刻。我觉得这种修复缺失的方式非常美妙，她带我看了她最喜欢的部分，我用一只眼睛去发现了西班牙绘画的瑰宝。第二天，我们回到了巴黎，我的脸上缠着

① 重读这段文字，我想到露易丝曾经是一颗星（第三颗星），后来变成了日蚀。她的女性魅力呼应着宇宙的运行。

厚厚的绷带，像一个从战场归来的战士。

64. 安东尼奥·高迪的回忆

高迪是加泰罗尼亚的伟大建筑师，一位神奇人物，尤其因为他建造了宏伟壮丽的巴塞罗那圣家堂。他曾经因为笃信上帝而禁食，为此差点送命。身边好几位至亲相继离世让他遭受很大的刺激，于是他把自己封闭在工作中，他取得的成绩越来越得到认可。在古稀之年，尽管成就卓越并获得了很多荣耀，高迪却蔑视物质生活，以致去世的时候贫困交加。他死于有轨电车车祸，被车撞倒时人们还以为他是一个乞丐。第二天，大家才明白这是那位"建筑史上的但丁"。在生命的最后一天，他被当成一个穷光蛋丢在一旁，滑向死亡边缘的他回忆起了自己的年少时光，学生时代。巴塞罗那建筑学院的院长在为他颁发毕业证时说道："我们把这个证书颁发给了一个疯子还是一位天才，时间会告诉我们一切。"生命终止时他想到了这句话，至死他也不知道自己是疯子还是天才。

65

我时不时就给儿子量量身高。我对有点儿害怕的小家伙说："哇，看你长得多快！"这时可能是他一个星期长高了两毫米。时间不只是横向的，也是纵向的。在一面白墙上，我用刻度标记录儿子的身高。这个刻度他一岁，往上他两岁，再往上，明显更高的标记，他已经四岁了，那个，再往上，他五岁：已经是个小男子汉了。有时，我和露易丝在墙对面坐着，品味着红酒，见证着时间狂奔。一天晚上，我把手指放在墙面上更高的地方：

"你觉得保罗长到这么高时会是什么样？"

"还是别了……他那时就是少年了，长着青春痘，不收拾房间，我们说什么他都抵触。"

"我们呢？你觉得我们会在哪里？"

"……"

"你怎么不说话？"

"我们嘛，我们还在老地方。我们再也长不大了。"露易丝忽然伤感地说道。过了片刻，她问我：

"你还会写作吗？"

"我不知道……我真的没有时间……我觉得这一切都很久远了。"

"我遇见你的时候，你好像对写作念念不忘。在我的印象里，对你来说这是最重要的事。你就这么放弃了，我觉得这很平庸。"

"平庸的也许是我当时写的东西。"

"可是你甚至都没有尝试。"

"就是这样，这就是生活。"

透过她的表情，我看得出来她讨厌这个回答。

她的目光仿佛是一篇演说：

"不，生活不是这样的。任何事情都不会一成不变，任何事情都不会静止不动。我们按部就班地生活，没有了挑战，没有了梦想。你应该写作，不管写什么，只管写，这总比放弃强，否则，我们就什么都放弃了。我不是和你在一起不幸福，噢不，我不是不幸福。但是我希望得到幸福，我觉得幸福这个概念在离我远去。我感觉时间过得太快，我感觉生命太过短暂，由不得我们甘于平庸。我感到自己急切地向往幸福。"

是的，这就是我在她的目光中读到的东西。我明白我们一起过着温柔、稳定的幸福生活，但是她不喜欢这样的我。有些时候，我感觉到在她眼里我是令她失望的，又有些时候，我又很高兴看到自己成长为一个有担当的男人。和露易丝相反，我觉得当代英雄可能就是这样：一个每天起床去上班的男人，一个照顾孩子的男人，一个为家庭度假做计划的男人，一个想着按时缴纳居住税和汽车保险的男人。能把这一大摊劳神费心的事务处理得当，确实需要具有了不起的英雄气概。

另一种劳神费心，就是我们不停地行走在相互矛盾的欲望之中。其实，这种现象始于二十世纪：首先是幸福概念的出现，说到底，就是享有幸福的权利，娱乐和度假的权利。当时是一九三〇年代，人民阵线时期。接下来，有了进一步要求，这是第二阶段，即人们称之为"不满意的权利"，始于一九七〇年代，以堕胎合法化为标志，当然还有离婚合法化。人们有时都忘记了，禁止通奸的法律在一九七五年才被废除。由此我们获得了判断是否幸福的权利。而现在是第三阶段，也是最痛苦的阶段：不断犹豫的阶段。我们拥有了幸福，拥有了对此幸福不满意的权利，于是各种出路都向我们敞开。往哪条路上走呢？我深深感受到自己身上那种不自在就有这种现代调调。我想同时拥有生活和生活的对立面。我爱露易丝，喜欢我们的共同生活和我们的孩子，可是我仍然会感到窒息。我想着我的幸福可能在别处，在另外一座城市，和另外一个女人在一起。一想到这种可能性我就很心烦。我只好全身心投入到工作中。露易丝可能会指责我，这我理解。我收藏好自己的欲望。糟糕的是，我觉得我变得和我父亲一样了。我总是想着酒店和客户，这和他一样，我看到他这辈子每天晚上从银行回来都惦记着自己的客户。此外，的确，我不再写作。终归应该面对现实：我从来没写过。我有其他长处，我可以在处事态度上、在生活体验方式上很浪漫，但是文字离我渐行渐远。它们曾经在我身边飘浮，但是我从来不曾捕捉到它们并用它们来书写这个世界。用文字展示我们内心深处的体验，无疑具有崇高之美。

这天晚上，这个我从她的目光中读到了一篇演说的晚上，我们做了爱。

她的身体曲线透露着某种无邪，仿佛在为自己的美丽道歉。

随后我们睡着了，心静神宁。

第二天是万圣节假期的第一天。露易丝带保罗去了埃特达，她父亲家，几乎每个假期她都带孩子过去。我每天晚上给他们打电话。保罗告诉我他在海边的奇遇，他骑着小马漫步，他看的动画片。我想周末过去找他们，但事情总是有点儿复杂，学校放假对酒店业来说正是旺季。况且，我得承认我很喜欢一个人在巴黎的日子，我看电影，会朋友，喝酒，我觉得自己几乎是一个单身汉。看着街上行走的女人，应该承认我有点儿欲望，但是我从来没有真正想过要出轨。我并不是刻意赞美忠诚，但是事实就这样。我喜欢对别的女人略微保持某种有距离的朦胧幻想。其实在酒店我是有机会的，而且和一个临时住店的女游客睡觉没有风险。可是和露易丝分开几天后，我就开始想她，想保罗，我想见到他们，迫不及待地等他们回来。几天没有他们的日子是一份神奇的礼物，它重新燃起我爱他们的热情。但是这一次事情变得有所不同，在他们计划回来的头一天晚上，露易丝打电话告诉我，他们不回巴黎了。我愣了一会儿，因为我不明白这到底意味着什么。于是我的妻子不得不澄清她的想法，她缓缓地说出了下面这句话："我想和你分开。"

66. 保罗的回忆

我经常问我儿子，他最美的回忆是什么，他有些犹豫，在迪士尼遇见巴斯光年和第一次午夜过后才睡觉之间拿不定主意。那一次夜半三更出行，他在外面到处看个不停。他觉得夜里大家还出来简直不可思议。如果我问他那天晚上我们在哪里，他能说出每一个细节。晚睡是一个真正的壮举，保罗仿佛征服了一个新的国度，午夜的国度。后来的晚睡就再也没有同样的冲击力了。第一次的记忆至高无上。

67

起初，我以为这是一时兴起，以为露易丝需要放空一下，这可以理解。她三十岁了，已经多次表达过焦虑，觉得自己的生活能一眼看到头。这种危机感我应该予以尊重。所以我连续几天没出声。后来我发现她是认真的，她真想和我分手，想留在埃特达。另外，她已经给保罗在她以前的学校注册过了，就是我们相遇的学校。这个行为太残酷了：

"什么？你给保罗注册了？"

"是啊，他得上学呀。"

"你得事先告诉我，他是我儿子，应该事先商量呀。你不能想干什么就干什么，你不能说去休假，然后就不回来了，还给保罗办了转学手续。我什么时候能见到他？现在怎么办？所有这些，你都想过吗？"

"这里并不远，开车两个小时。你可以周末过来，或者我带他过去。你想见他随时都可以，这你很清楚。"

"……"

"……"

"你有别的男人了？"

"……"

"你为什么不说话？是有别人了吗？"

"要是有别的男人就简单了……"露易丝奇怪地回答道。接着她又说：

"我不爱你了。"

"从什么时候开始的？"

"不知道，逐渐发生的，我甚至不知道是不是和你有关。但是我不喜欢这样的生活。"

我让露易丝认真考虑，不要草率地毁掉我们的生活。我对她说，一切都可以改变，只要她说清楚自己想要什么。她说："不，没什么可改变的。就是这样……"我继续争辩，为了让事情停留在悬而未决的状态。在我的执意坚持下，她同意把自己的决定往后推迟一点儿。于是我们处在两可之间、尚不能明确定义的状态中。有些时候，我想着这一切都有先兆，只是我对酝酿中的明显事实视而不见而已；另一些时候，我又想着我其实没有看到任何预兆，我被当头棒喝了一记。我也不太清楚哪个是真实的自己。我需要说话，需要摆脱孤单，但是我不愿意对任何朋友或者任何周边的人袒露心声。我不愿意让他们的目光审视我的生活，我不愿意听他们评判露易丝的行为。我迷失了。

一天晚上，我坐上车，往勒阿弗尔方向开去。不过我不是去看露易丝。我没有那么愚蠢，半夜三更去找她，求她回家。我径直开到了那个服务区，那个八年前故事刚刚开始时我曾经停留过的服务区。在感到自己需要有人说话时，我立刻想到了那个收银员。也许他早就离开那里了，但是可以碰碰运气。我轻轻地走了进去，立刻看到了他。他坐在自己的位置上，穿着同样的工服，还是同样的模样。有一些人是从来不会变老的。唯一不同的是鹦鹉不在了，可能已经死了。我不知道鹦鹉的寿命有多长，应该不会比一段恋情更久。

我走近他，站在柜台前一动不动。

"什么情况？"

"……"

"好吧，您想要什么？听我说，要是玩阴的……我可要告诉您那里有个监视器。"他指着房顶对我说。

"不……不……是这样的……八年前……您卖给过我 Twix。"

"八年前，我卖给过您 Twix……然后呢？"

"……"

"……"

"然后我们聊了一会儿天。您给了我一个特别好的建议……
您不记得了吗?"

"八年前? 不记得了。这里人太多,人来人往的。但是有人
来告诉我说八年前卖给过他一个 Twix,这还是第一次。您想要
什么? 再来一个 Twix?"

"是的……不,也不是。是我妻子。她想和我分手。我想听
听您的意见。我想和您聊聊。到了您这里我才觉得这事看上去挺
愚蠢。可是来之前,我想的是只有您才能给我一个好建议。"

我看上去应该很真诚,这种真诚让他放下了戒备。他收回了
怀疑的表情,递给我一瓶啤酒。夜间这个钟点没有别人,我们坐
在外面。对于十一月而言,天空相当晴朗,好似夏末一般。万籁
俱寂。过了一会儿,他对我说:"没什么可做的。"他说得对,的
确,没什么可做的。我非常清楚,露易丝不是那种说话不算数的
人,对她来说,说出来的话从来不只是说说而已。她事先在学校

325

给保罗注了册，我特别关注到这一事实，这个具体事实告诉我，不能再期待还有一个感情模糊不清的阶段。对于露易丝并没有模糊不清，她活得清清楚楚。对我而言，困难的是需要在没有任何明确理由的情况下接受现状。落跑的念头始终萦绕在她心头，她悄然实施着自己的计划，没人看得到，她在暗中策划着这一切，仿佛是一场谋杀。而我是这次谋杀行动的唯一受害者。她要活着，她经常这样说：我要活着。母亲的骤然离世把她推向了一种唯我独尊的生活方式，她变成了自己幸福的暴君，她的专制不允许她放弃对幸福的追求。的确，没什么可做的。无话可说，无事可做。过了一会儿，我们站起身，我说道：

"好的，我还是要买一个 Twix，还是要这个。"

"拿着，送你了。"

这实在令我感动，也多少缓解了我的沮丧。

几天过去了，我很惊讶自己并没有更难受。我沉浸在工作中，有时候会忘记自己即将离婚这件事。也许正是这一点让我难过。我心想，原来爱情关系可以就这样说断就断了，仿佛是一种慢性麻醉。我和露易丝每天晚上都通电话。这让人十分困惑，因为我们依然温柔似水，有时候我都不知道我们两个人是在一起还是分开了。我们彼此依然有很深的柔情，我们小心翼翼，以免破坏过去。有时，我问她："你确定吗？"而她回答："别问了。"我非常了解她，知道没有必要坚持。我应该开启生活的新阶段。但是我从来不擅长启动新周期，我起步总是比较艰难。这件事我需要告知父母。我拖延着这个时刻，心想：在对他们坦白真相的那一天，就意味着你的现在时变成了过去时，你所经历过的一切都将正式翻篇。

我向父亲提议在市内的一家餐馆吃晚饭。一开始他不情愿（他习惯了我去他那里），后来还是被我说服了。来的时候，他戴了一条领带，这让我很意外。他很久不打领带了，于是我明白这顿晚餐对他来说是一场真正的外出活动。我们在大林荫道上的一家意大利餐馆碰头。看见我，他朝我走来，立刻宣布在这附近简直没法停车：

"我转了二十分钟!"

"你就这样和我说晚上好吗?"

为了弥补，他恭维我说餐馆选得很好。他脾气好得出奇。不过他还是点评了一句："需要在意面和比萨饼之间做选择，这是问题所在。"他的声音里带着一种叔本华哲学思考的调调。服务员是一个挺漂亮的女孩儿，她过来招呼我们。刚开始的时候，我心想我不妨尝试勾引一下她，比如给她留下我的电话号码，我也不清楚，我应该重新披上单身汉的外衣才是。随后，我又改变了想法，忽然意识到我和她不会有任何机会，因为我记不住一个女人的十位电话号码（十位数对我来说实在太多了，我感觉我最多就能记住一到两位）。此刻面对父亲，我比任何时候都更加明白我即将开启一个孤独的阶段。这辈子以来，我一直觉得我和这个男人没有任何相似之处，而现在我俩偏偏一起，处境几乎一模一样。父子俩在这里，都被人抛弃了。这增加了我的不适感。我一直觉得自己处境不错，可是想到我现在的处境和父亲很相似，实在难以忍受。他点了比萨，我要了意面，这已然是在表示我要和他有所不同了。

　　但是这还不够。看到他在我面前费力地咀嚼，我无法阻止自己继续在他身上看到我的未来。晚餐期间，他没有对我提到任何计划、任何书籍、任何电影①。他似乎没有任何打算。什么都没有。只是针对邻居的问题发泄了一番。进行这番发泄的时候，他还是克制了一下在自己身上蔓延的无可挽回的某种轻微的种族主义倾向。仇恨他人从来都是填补自己空虚的最好方式。我不太知道怎样开口对他说我和露易丝的事。因为他带着某种羡慕看待我目前的生活，我很担心毁坏他最后的希望堡垒。可是，我还是得对他说。

　　"爸爸，我要见你也是因为有事要说。"

———————————

　　① 他放弃了电影俱乐部。他承认忽然热衷于电影不过是试图去满足母亲的心愿。无论这种还是那种尝试，都是用来充实生活，抵制母亲对他萎靡不振的指责。离婚后，他很快就明白没有必要继续热衷于电影，他承认自己对电影完全不感兴趣。对了，现在他可以坦白相告：他一点儿都不懂《奇遇》。

"我也是，你知道。真巧。我甚至要告诉你，昨天你打电话说一起吃饭时，我很吃惊。因为我正有事要和你说，而且我更愿意当面说，而不是打电话。"

"……"

这段对话让我想起了之前的某个场景。

和往常一样，得让他先开口。

于是我听他说：

"这个……你肯定觉得特别意外……可是在我身上的确发生了一件非常美丽的事情……噢，是的，真是这样……我从未想过还会再有……"

"什么？你遇到什么人了？"

"没有。"

"那是怎么回事？"

"你母亲回来了。"

"……"

"是的，上星期的一天早上，她来敲门。我当时没做什么特别的事。打开门看到是她，我什么都没说。她走进厨房。我建议她喝一杯咖啡，她说好的。就这样，我们几乎没说话。她回家了。她开始流泪，对我说，她想念我们的生活。之后，我也开始流泪。就这样，我们重归于好。你想象得到吗？我们重归于好啦。我们不知道怎么对你说，我希望你会像我们一样高兴。"

父亲对我的反应肯定很失望，因为我待在那里没出声。我内心不停地对自己说：当初我想告诉他们我要结婚时，他们闹离婚；现在我想告诉他们我要离婚，他们重修旧好了。这句话敲击着我的脑袋，但此刻不是总结任何理论的时候。我很难过，非常难过，超级难过。我觉得生活是要毁掉我，生活故意如此安排就是为了让我变得不堪一击。此刻，我实在无法揭示出这个悲摧的场景是多么荒诞不经和尖酸幽默。然而，这天晚上，我的磨难还不止这些。为了给我一个惊喜，母亲在吃甜点的时候来了。她坐在父亲的大腿上。我观察着他们，看到他们两个人仿佛重返了青春时光，看到他们像经历过爱情劫难分而复合的情侣一样正傻乎平地微笑。他们的精神年龄仿佛倒退了。过了一会儿，父亲问我："对了，你不是有什么事情要告诉我吗?"我结结巴巴地说不急。我离开了他们，没有说出事先准备好的关于和露易丝分手的那些话。

回到家，独自躺在床上，我笑了起来。我心里难受，肯定睡不着，而这一切又让我觉得很可笑。我已经积累了足够的人生阅历和经验，能够笑对灾难。我做了父亲，而父母却成了孩子。我身体的一部分因为露易丝的离去而麻木，另一部分却因为曾经与她在一起而感到快乐。奇怪的是，这个晚上我感到了一丝兴奋。生活是一株杂草，我需要除掉它。我又穿上了衣服，来到大街上。当时应该是刚过午夜。后来回想起这一晚，我认为偶然并不存在。我们总是被正确的冲动所驱使。几分钟之后，我就明白了为什么我又想出门。

街上有不少人，人们晚间出来散步，看上去很开心。深夜是成年人的世界。我的行为与我的年龄相符，并且甚至可能是很久以来我第一次气定神闲。我来到了几个小时前和父亲共进晚餐的餐馆。女服务员结束了工作，她很疲倦，但依然很有魅力。也许是因为我喜欢她，所以本能把我带回了这里？不清楚。各种词句在我脑海中浮现，杂乱无章，甚至是混乱不堪。假如过去找她……我能对她说什么呢？"晚上好，我能请您喝一杯吗？"我感觉这样问一个刚刚工作了八小时的女服务员很可笑。我认为自己想到的所有句子都很荒谬。如果去对她说"再次感谢您的意面"，或许这就是我无法接近她的终极表现了。我从来都不擅长跟人搭讪，最好立刻忘掉有什么可能的方式去搭讪一个女人的任何想法。况且，我真的渴望一段邂逅吗？我自己都不确定。我只能说这个女孩儿讨我喜欢。现在她出来了，来到了街上，离我只有几米远，我都能感受到心脏在怦怦跳动，似乎要对我说些什么。她的头发真美，应该禁止这么漂亮的女孩儿在意大利餐馆工作，她的女性魅力和比萨饼服务完全不匹配。因为口拙无词，我用上了自己的脚，迈开步子跟在她后面。我感觉这个夜晚刚刚开始。

不幸的是，几米之后，她走近了一个坐在摩托车上的男人。他递给她一顶头盔，不过在戴上头盔之前，她张开嘴亲吻了他。他们的亲吻把我钉在了街上，内心涌起的兴奋感（更多是对这件事而不是对女孩儿）不幸被迅速粉碎。他们俩在夜色中飞驰而去，而我却为这一对恋人心生共情。因为我也像他们一样，曾经很幸福。

现在我也很幸福。我喜欢这种自由的状态，它既可以走向灾难也可以走向光明。我想到露易丝之所以离去，是为了让我去过属于我自己的生活，而不是现在的生活。她比我更早明白了其实我不快乐。那件有担当男人的外衣将我封闭起来，使我不再是从前的那个年轻人。分手再次把我推到不稳定的状态，而这正是创作所需要的。刚刚经历的事情，哪怕微不足道，也可以是几段文字的素材，适合发展成为小说底稿。后来在我的生活中，我还经历了一些令人惊讶的事件。在这些事件中首属这一件：机缘巧合，我再次遇到了墓地的女孩。多年前，在索尼娅·塞纳松的墓前我们交换过目光，这次重逢是在一家咖啡馆。我看着她，她也看着我，我相信我们彼此都记起了曾经的目光。当年，我是那样地梦想着与她重逢，因此她的面容永远刻在了我的记忆里，想见到她的愿望让我对她不能忘怀。我走近她，双腿有点发软。

"我不知道您是否记得……"

"是的，我记得。"她回答。

我们彼此会心一笑，仿佛预示着某种心照不宣。不过，片刻尴尬，可以说很轻微的尴尬之后，我说了句"祝你日安"后转身离去。我要让偶然来决定我俩在将来的某一天是否会重逢。

在我看到女服务员和恋人飞驰而去的几个星期后，正好是二月份的假期，保罗来巴黎和我一起度过。这里不再是他生活的城市，而是度假的地方。我们将像游客一样去发现它。为此我做了一个完美的计划。这让我发现了一件奇特的事：单身家长的幸福，与孩子独处的幸福。我和儿子以前一直很亲密，但是自从露易丝走后，我们的关系发生了变化。我带保罗去奥赛博物馆看画展，看到库尔贝的《世界的起源》时，他感到不好意思的咯咯笑声我似乎还听得到。我们坐了游船，我完全不知道如何对他解释为什么塞纳河游船的名字叫"木什游船"。接下来，我们去卢森堡公园看木偶剧。因为已经迟到了，我们像疯子一样在街上狂奔。当时我什么都没想，我们感觉很幸福。我忘记了曾经和祖父来过这里。来到剧场前面时，往昔的岁月像老相识一般拍了拍我的肩膀。一阵激动在我内心涌起，让我不知所措。保罗雀跃着向前跑去，而祖父的面孔却浮现在我眼前。尽管我最近很少想起他，但是我清楚地感到他飘荡在我的脑海里。我爱他，想他。不可救药地思念他。儿子拉着我的手，那时候我也是个孩子。所有的记忆都回来了，我能够感知到祖父，听到他的声音，触碰到他的汗水，他似乎离我很近，我几乎能拥抱到他。我感受到了一种热度，一种令人心安的热度。我知道现在一切皆有可能。我们走进剧院，演出已经开始了，跟我小时候一模一样。演员还是手持木棍，孩子们还是一起尖叫，提醒他坏人来了。在这里，一切都不曾改变。

68. 我的一个回忆

　　我现在还记得茅塞顿开的那一天。仿佛为了写作我已经积累了足够的多愁善感。是的，文字肯定是在那一刻从天而降的。旧时的所有幸福时光浮现在眼前，我想起了弥留之际躺在床上的祖父，想起了我和祖母在养老院，我带着微笑想起我们一起去拜访那位奶牛画家。我也想起那个在墓地里见到的女孩，我总是期待与她重逢。我想起了祖母的出走，我们的焦虑。我想起了露易丝如何走进我的生活，在我苦苦寻觅到了尽头的时候，想起了她的第一句话："有什么我能帮您的?"我也想起父亲那句话："你太美了，我宁可永远不再见到你。"因为这句话才有了后来的我。所有这一切在我的大脑里排列得井然有序，我记得自己当时想：时候到了。

DAVID FOENKINOS
Les souvenirs

图字：09 - 2019 - 224 号

图书在版编目(CIP)数据

回忆 / (法)大卫·冯金诺斯著；王东亮，牛月译
. —上海：上海译文出版社，2021.5
ISBN 978 - 7 - 5327 - 8651 - 0

Ⅰ.①回…　Ⅱ.①大…　②王…　③牛…　Ⅲ.①长篇小
说－法国－现代　Ⅳ.①I565.45

中国版本图书馆 CIP 数据核字(2021)第 048823 号

回忆	〔法〕大卫·冯金诺斯　著	出版统筹　赵武平
Les souvenirs	王东亮　牛月　译	责任编辑　李月敏
		装帧设计　尚燕平

上海译文出版社有限公司出版、发行
网址：www.yiwen.com.cn
200001　上海福建中路 193 号
苏州市越洋印刷有限公司印刷

开本 890×1240　1/32　印张 10.75　插页 5　字数 122,000
2021 年 5 月第 1 版　2021 年 5 月第 1 次印刷

ISBN 978 - 7 - 5327 - 8651 - 0/I·5340
定价：65.00 元